Himmelstürmer Verlag

Boris von Brauchitsch wurde 1963 in Aachen geboren. Er schreibt – hauptsächlich über Kunst, er fotografiert – vornehmlich fern der Heimat und er kuratiert – bevorzugt Kunstausstellungen. Er lebte in großen und kleinen Städten. Heute ist sein Wohnort Frankfurt am Main.

Originalausgabe
1. Auflage März 2001
Veröffentlicht im Himmelstürmer Verlag, Hamburg

Homepage: http://www.himmelstuermer.de
Umschlaggestaltung: Werbebüro Pingel, Hamburg
Foto: Boris von Brauchitsch
Druck: Interprint, Malta
ISBN 3-934825-11-7

Boris von Brauchitsch

Perlen vor die Säue

Roman

Himmelstürmer Verlag

Wirklichkeit, Gerücht und Erfindung sind in Kretingen nicht voneinander zu trennen. Diesem Umstand trägt auch die folgende Geschichte Rechnung. Das meiste ist einfach irgendwann passiert, manches erzählte man sich am Stammtisch oder aus Gehässigkeit, oder aus Gehässigkeit am Stammtisch, anderes blieb erlesene Phantasie. Während der Jahre, die ich in Kretingen lebte, wurde mir langsam klar, dass in diesem unentwirrbaren Geflecht aus Mutmaßungen, Fakten und Phantasie die ganze Wahrheit über Kretingen liegt.

B.v.B.

Die Personen

in der Reihenfolge ihres Erscheinens

Max, sein Leben war als Musical geplant
Simon von Sturm, ein sturer Museumsmensch

Joseph Blader, ein Bauunternehmer mit Abitur, der die Kunst zu lieben scheint
Alwine Blader, seine Frau - eine Bauunternehmergattin
Franz Blader, Josephs älterer Bruder - Kunst, Geld und Beton geben ihm die Kraft durchzuhalten

Dr. Ludwig Mayr, ein schweigsamer Archivar
Markus Rinz, der Oberbürgermeister
Hugo Leeringer, ein Architekt von Joseph Bladers Gnaden
Inge Leeringer, seine zarte Gattin

Frau Wannstätter, eine Leserbriefschreiberin
Eddie Toller, ein Schuhhändler mit einer Liebe zu Ägypten
Mark, ein schmieriger Dealer
Manfred Blader, Joseph Bladers verhasster Sohn

Frau Blader, Gattin und Krankenschwester
Ösal, ein türkischer Privatdetektiv
Dr. Annemarie Wolff-Zöbertin, die Frau im Vorstand

Karl Huber, ein Klarinettist und potentieller Kulturpreisträger
Roland Ganter, der selbsternannte Kulturbeauftragte der Sparkasse
Ronaldo, Marks Sohn - ein Minimacho aus Südamerika
Tilly Schmücker, die Chefsekretärin des Oberbürgermeisters

Vorspiel 9
Morgennebel 15
Es gibt Geschenke, die lassen sich nicht ablehnen 29
Familienbande 41
Trauerfälle 51
Richtfest 59
Das kommt in den besten Familien vor 63
Ladenschluss 73
Der große Orgauer Schmortopf 81
Alpträume 91
Von gestrandeten Töchtern und anderen Fallenstellern 99
Champagner 105
Jägerhumor 111
Chianti 117
Die Kraft der Liebe 127
Wahlsieger 137
Die Welt ist schlecht 147
Drei Katastrophen 155
Fieber, Triumph und Ende 163

Stadtplan 165

Vorspiel

Der Raum, in dem Trusty erwachte, fraß sich quälend weiß in seinen Kopf. Mit beiden Händen griff er nach seinem Gesicht, das sich unter Schmerzen zu einer Grimasse verzog, als er versuchte, sich in seinem Bett aufzurichten. Ein schneidendes Geräusch, wie von einer rostigen Kreissäge, lag über allem. Kraftlos sank er zurück in die Kissen und schloss die Augen. Dann erschienen Gestalten aus der hohl hallenden Vergangenheit am Fußende seines Bettes, und ihm fiel der einäugige Zuhälter wieder ein, der die alten Ragtime-Melodien so liebte und dessen Zuckerpuppenschwester Trusty beim letzten Neumond entjungfert hatte. Sein heißes Latinoblut musste seinen Verstand wieder mal außer Kraft gesetzt haben. Und jetzt stand da der Zuhälter, ein Messer zwischen den Zähnen und polierte aufmerksam sein Glasauge. Er schien zu warten, und er wurde nicht enttäuscht. Denn nun sah sich Trusty durch die hohe, schwere Eisentür kommen. Dumpf fiel sie hinter ihm ins Schloss. Er saß in der Falle. Sein Blick hetzte durch den Raum, auf der Suche nach einem Ausweg, aber der Einäugige war schnell wie eine Katze, und die Klinge des Messers drang dreimal durch Trustys Hemd, um zur Hälfte in seinem Körper zu verschwinden. Dann brach Trusty zusammen.

Als er die Augen aufschlug und das Krankenzimmer sah, fühlte er die Stichwunden, aber sein zweiter Blick traf mitten in die sanften Augen von Nachtschwester Maisie, und sofort verstummte die Sirene des Rettungswagens, die in seinem Hirn noch immer nachgeklungen hatte. Warme Töne, wie von einer fernen Oboe, drangen in sein Herz. Das kalte Licht der Intensivstation verwandelte sich wie von Geisterhand in goldenen Glanz, und Trusty fiel zurück in sanften Schlaf.

Es war Nacht, und im Garten der Klinik setzte mit leisem Rascheln ein grünes Raumschiff auf, das die Form und Konsistenz einer großen Dampfnudel besaß. Sekunden später war das Gebäude, in dem alles schlief, von Poltanierinnen umstellt. Ein Meteoritensturm hatte sie vom Kurs abgebracht, als sie, auf der Suche nach Hilfe für ihren Heimatplaneten aufgebrochen waren. Mit Schrecken erinnerten sie sich an die Seuche, die alle männlichen Poltanier ausgelöscht hatte. Und die medizinischen Instrumente, die sie nun unerwartet zu Gesicht bekamen, erfüllten sie mit Hoffnung. Der blaue Planet war für sie unerforschtes Territorium, aber Zorbina, die Kommandantin, zog einfach ihr schillerndes Korsett noch ein wenig enger und ermahnte ihre Gefährtinnen zur Vorsicht.

Trusty war wie benommen, als er sich die Details seines Fiebertraums ins Gedächtnis rief: die blonden Mähnen der Poltanierinnen, den dünnen, festen Stoff ihrer Uniformen, unter denen sich die Nippel ihrer gewaltigen Brüste abzeichneten, die gierigen Blicke, mit denen sie die schlafenden Körper in den Krankenhausbetten ertasteten. Doch dann war Maisie wieder da. Und er hörte sofort die Oboe, sah das goldene Licht und wusste: das war die echte, große, die universale Liebe.

Zur Visite erschien, wie jeden Morgen, der smarte, junge Dr. Rackett, der vorsichtig Trustys Bettdecke zurückzog, um die Wunden der Einstiche auf dem durchtrainierten, braunen Oberkörper seines Patienten zu betrachten. Maisie, die sonst nichts schreckte, schlug errötend die Augen nieder.

Trusty war glücklich. Er hörte die hitzigen Latino-Rhythmen des Blutes, das seinen Körper durchströmte, und ihn in Sphären süßen Glücks hinüberspülte. Von einem Moment zum nächsten verfinsterte sich sein Krankenzimmer erneut, und er lauschte dem Atem der

Poltanierinnen, die in der chirurgischen Abteilung mit ihrer toxiplanetoiden Gehirnwäsche begonnen hatten, um sich die männlichen Patienten als Sklaven ihrer perversen Obsessionen verfügbar zu machen.
Schweißgebadet erwachte Trusty und erkannte, dass Fiebertraum und Wirklichkeit zu einem großen Verhängnis verschmolzen waren. Panik pulsierte in glühender Nacht und als der Morgen dämmerte und Dr. Rackett zur Visite kam, wusste Trusty gleich, auch Dr. Rackett war den Poltanierinnen verfallen. Das grüne Licht, das ihn umschimmerte, war das sichere Zeichen seiner Verwandlung. Entsetzen packte Trusty, und mit seinem langen Schrei fiel der Vorhang.

Wohlwollender Applaus und Pause. Die kostümierten und befrackten Massen drängten zu den Ausgängen, um möglichst schnell eines der halbgefüllten Gläser Sektorange zu ergattern, die auf Tabletts vorbeihuschten. Simon von Sturm hatte auf der Tombola der Seniorensektion des Adelsvereins ein Ticket für diese, ihn befremdende Veranstaltung gewonnen. Natürlich hatte es nur ein Ticket gegeben, denn Tickets waren rar und die meisten Gäste geladene Gäste. Ganz abgesehen davon war der Adelsverein, wie alle Vereine seiner Art, feinkariert und geizig.
Folglich stand Simon nun allein auf der Galapremiere zwischen Schweizern, zwischen ein paar eingeflogenen Vorabendstars und Vorstandsgattinnen. Er war verkleidet und verloren. Der graue Anzug saß vorbildlich, aber er gehörte einfach nicht zu ihm. Sobald er sich eine Krawatte umband, fühlte er sich als Vertreter, und das war das Letzte, was er sein wollte. Aus dem Augenwinkel sah er sich in einem getönten Spiegel und konstatierte, dass er erschreckend gut dahin passte, wo er sich befand. Von den gestriegelten schwarzen Haaren bis zu

den gelackten schwarzen Schuhen war seine Kostümierung makellose Mimikry. Sobald er den Saal verlassen hatte, hatte er zwischen Kristalllüstern, eleganten graumelierten Herren, Proleten in fliederfarbenen Sakkos und geschnürten Dekolletés die Orientierung verloren. Das war die Schweiz. Warum, fragte er sich, warum war er nicht in seinem Zimmer in Bologna geblieben, in der Stadt, die er liebte, wo seine Freunde, die schweren, dunklen Bilder in den weiten, dunklen Kirchen, auf ihn warteten.

Er war froh, für diesen Abend nur ein Ticket gewonnen zu haben. Ohnehin wusste er nicht, wen er hätte fragen sollen, und das hier - sein Blick schweifte durchs Foyer - war für seinen Bekanntenkreis unzumutbar. Vulgär. Seine Großmutter hätte ihn vielleicht begleitet. Mit ihr hätte er, umringt von auftrumpfendem Mittelmaß, vielleicht sogar ein wenig Spaß gehabt. Immerhin war sie die Beste, wenn es darum ging, bei einem Glas Portwein post festum Soziogramme der Seniorennachmittage, zu denen er sie gelegentlich fuhr, zu erstellen.

Die Klingel rief zum dritten Akt. Die Sache kam zunächst zügig voran. Gleich in der ersten Szene wurde der sympathische Dr. Rackett, dessen flackernder Blick noch weit mehr als seine grünschimmernde Aura dämonisches Temperament versprach, von den Poltanierinnen potenziert und - sehr zu Simons Bedauern - für den Space-Transfer in Flaschen abgefüllt. In Zukunft würde es den blonden Athleten nur noch in homöopathischen Dosen geben. Aber für Trusty war es das Signal, seine Männlichkeit zu verteidigen. Er wusste nun, was ein Held tun muss. Das Hochzeitsfinale mit Maisie war unabwendbar, aber bis dahin, so wollte es die Dramaturgie, mussten die Außerirdischen beseitigt sein.

Simon waren die Samtsessel im Dunkel der Musicalarena mit einem Mal so unbequem, dass er dem knö-

delnden Latino auf der Bühne einen schnellen Sieg über alles Fremde wünschte. Doch die Erzählung retardierte. Der Held heuerte zunächst noch eine Gang an, um die Eindringlinge in die Flucht zu schlagen. Der drogenabhängige Vietnamveteran Sweeney, Lara Lovett, jene in ihrer Jugend missbrauchte Pastetenbäckerin, und Dickie Preston, übergewichtiger Bürgermeister einer Provinzstadt in Arizona, der ausgiebig der Zeit nachtrauerte, in der er als Elvis-Imitator durch die Nachtclubs seiner Heimat getingelt war, machten nach weiteren zähen Minuten unter Trustys Kommando schließlich kurzen Prozess mit Zorbina und den Monsterweibern aus dem All.
Simon war froh, als die Saalbeleuchtung nach dem dritten Vorhang die applaudierenden Schweizer Monster, Replikanten und Parvenüs neben ihm erhellte. Er fühlte sich wohl in ihrer Mitte. Alle kosmischen Probleme waren gelöst, und nur eine Frage hatte die Darbietung nicht beantwortet: Was war mit den Flaschen passiert, in denen sich Dr. Rackett befand?
Mit drei Gläsern Champagner spülte Simon die Frage hinunter und lächelte dumpf in die Runde der Semiprominenz, die sich ausnahmslos großartig amüsierte, die trank, Buletten auf Tellern jonglierte und Schlange stand, um sich mit Trusty und Maisie, gutgelaunt für *Gala* und *Blick* fotografieren zu lassen. An der Garderobe glaubte er die Frau aus der Rama-Reklame zu erkennen, die seit ein paar Wochen eine eigene jugendfreie Nachmittags-Sex-Show moderieren durfte. Die Leere in Simons Kopf war angenehm. Wunderbar, dachte er. Dann sah er Dr. Rackett. Umringt vom lachenden Zürich erhob er sein Glas auf den Abend. Simon griff nach einem weiteren Champagner und trat in die Runde des strahlenden Musicalarztes.
Ein Traum, dem die Frau`n vertrau`n, dachte Simon.
-“Würden Sie mich morgen anrufen?“ Er reichte ihm

seine Karte. „Ich würde gern mit Ihnen einen Kaffee trinken."
Dr. Rackett sah kurz auf die elegante, leicht angetrunkene Gestalt, nahm reflexartig die Karte, steckte sie ein und nickte. Dann fiel ihm ein wichtiger Produzent um den Hals.

Morgennebel

Den Bomben der Alliierten war es nicht gelungen, die Stadt zu zerstören. Als die Tieflieger angriffen, hatte die Selige Cretina eine schützende Wolkenbank über Kretingen gebreitet und die Siegermächte in die Irre geführt. Jeden Morgen um sechs begann nun der helle, durchdringende Glockenterror des Cretinaklosters, mit dem die Nonnen daran erinnerten, dass ihre Ordensschwester noch immer nicht heilig gesprochen worden war. Und zwangsläufig schloss sich an diesen täglichen Terror die Frage an, ob sie die Heiligsprechung wirklich verdienen würde. Kein Zweifel, den Angriff der Befreier hatte sie abgewehrt, aber die Zerstörung der Stadt konnte sie doch nicht verhindern. Denn kaum war der Krieg verloren, da tauchten andere Mächte auf, um die Altstadt zu vernichten und in den Randbezirken Plattenbauten zu errichten. Es dauerte nicht lange und Kretingen sah aus, als sei es gewissenhaft bombardiert worden. Und Cretina hatte geschwiegen.

Waren ihre Kräfte geschwunden, oder war sie gegen Bauunternehmer grundsätzlich machtlos? Aus ihrem Kloster konnte man zu diesem Thema keine Stellungnahme erwarten, aber auch sonst ignorierte man die Vergeblichkeit der Bemühungen der seligen Nonne. Vielleicht war Vergeblichkeit den Kretingern zu vertraut, um davon Aufhebens zu machen.

Die Morgennebel, die den Ort in schmutzige Watte gepackt hatten, lichteten sich langsam, und über das Kopfsteinpflaster ratterten die ersten Mülltonnen, gezogen von ausländischen Mitbürgern, deren orange Uniformen in der feuchten, trüben Luft verschwammen. Das gedämpfte Licht schmeichelte auch den Häuserfluchten der Altstadt, in der man in den modernen fünfziger Jahren fast alle Stuckfassaden der Bürgerhäuser hatte begradigen und ihre Sockel mit Kloklinkern, abwaschbar, verkleiden lassen. Stuck machte Arbeit, bedurfte der Pflege, wehrte sich gegen praktischen Rauputz. Kurz, Stuck war sinnlos. Die gebildeteren Eigentümer hatten, wo sie eine Rechtfertigung für die Beseitigung des Fassadenschmuckes für nötig hielten, noch etwas von *Ornament ist Verbrechen* gestammelt. In Kretingen allerdings bedurfte es üblicherweise keiner Rechtfertigungen, wenn es um Ökonomie ging, denn Ökonomie war auch hier ein Zauberwort. Damals, in den Fünfzigern, hatte man den Aufschwung gespürt, man hatte sich als Teil dieses Aufschwungs empfunden, aber das war lange her. Inzwischen war Kretingen ganz unten. Ohne Geld, ohne Stuck und ohne Heilige.

Der Alte verließ nicht seinen Benz. Er stierte vom Parkplatz auf den asphaltierten Schulhof hinter den niedergetretenen Hecken, es war niemand zu sehen. Das heißt, nicht einer seiner Enkel. Der Hof war voll mit Halbwüchsigen, Pickel bis zu den Socken, verhüllt in schlabbernde T-Shirts, eben dieses unausstehliche Alter zwischen Geschlechtsreife und gesundem Selbstmisstrauen, aber von der Familie war keiner auszumachen, sie waren alle weggesperrt. Niemand zeigte sich, denn man hatte die Lehrer mit Nachdruck gebeten, die Blader-Kinder nicht einfach so loszulassen. Und manche Bitte war ein Befehl, und dieser Befehl kam direkt von ihrem Vater, und mit dem mochte sich wirklich keiner anlegen hier.
Also warf der alte Blader den Motor an und stieß zurück.

Selbst den Weg von der Garage herüber spürte Joseph Blader in der Lunge. Früher, da existierte dieser Weg in seinem Kopf gar nicht. Bestenfalls als der Augenblick, in

dem er überlegte, von welchen Ereignissen in der Firma er Alwine als Erstes berichten sollte. Denn es gab schließlich eine Zeit, in der es eine Firma gab.
Jetzt fiel er in seinen erhöhten Sessel und blickte auf die kleinen, leeren Teller, die auf Häkeldeckchen angeordnet waren und mit ihrem altrosa Blütenmuster danach schrieen, mit selbstgebackenen Keksen bedeckt zu werden. Die Terrassentür öffnete sich, und vom Garten herauf schritt Alwine Blader, strich sich ihr Kostüm glatt und lächelte. Preußische Disziplin hielt sie am Leben. Disziplin, die ihr von der *guten Familie*, der sie entstammte, mit auf den Weg nach Bayern gegeben worden war. Alwine hatte leichte Schlagseite, man hätte sie ohne Zögern als klapprig beschrieben und ihr einen Stock mit Silberknauf gewünscht, wäre da nicht dieser eiserne Wille gewesen, der sie halbwegs aufrecht hielt. Den Stock hatte sie vor Jahren verschluckt, ein stählernes Korsett schien sie in der Vertikalen zu halten und das eingemeißelte Lächeln überspielte jede Anstrengung.
-"Er läßt die Kinder verstecken," schnaufte es ihr entgegen.
-"Es sind seine Kinder, also versteckt er sie. Was hast Du erwartet." Alwine ordnete einige Trockenblumen. „Wenn dein Sohn etwas macht, dann richtig. Du sollst deine Enkel nicht mehr sehen, also siehst Du sie nicht mehr. Die Lehrer lassen sie nicht mehr auf den Schulhof, so einfach ist das, damit müssen wir leben."
Irgend etwas roch aus der Küche und ein paar Vögel zwitscherten.
-"In welcher Klasse sind sie jetzt?"
-"3a, ja 3a und 4a." Lächelnd wischte sie über das Sideboard unter dem drittklassigen Expressionisten und sah ihren Mann nicken.
-"A. Das ist gut."
-"Das ist keine Güteklasse, Joseph. A heißt nur katholisch."

Für einen Moment blickte der Alte auf seine kurzen, fleischigen Finger, die auf den Lehnen des Sessels lagen.
-"Was heißt dann B?"
-"Na, evangelisch natürlich, und C heißt ohne Konfession und mohammedanisch. Es gibt jetzt Mittagessen. Kommst Du bitte."
Alwine glitt mausgleich in den Flur und man hörte sie mit glockenklarer Stimme die Knödel ordern.

Jetzt konnte ihm nichts mehr in die Quere kommen. Joseph Blader atmete tief durch und horchte auf die Luft, die geräuschvoll aus seiner Lunge strömte. Noch lief die Maschine, und sie würde noch lange laufen, denn nun begann eine neue Ära, ein neues Kapitel, das er noch mitzuschreiben gedachte. Die vertrauten Geräusche des weitläufigen, spätsommerlichen Gartens wirkten beruhigend, und Bladers Gedanken umkreisten seinen Bruder Franz. Der sammelte Kunst. Und Franz würde seine Kunstsammlung einem Museum vermachen, das Joseph seiner Heimatstadt zu schenken bereit war. Die Sammlung war genau das richtige, eine Fülle von klingenden Namen, Originalen mit Zertifikat, Liebhaberstücken mit Echtheitsgarantie, signiert, datiert und von Bekannten bewundert.
Lange hatte sich Joseph nicht mehr so wohl gefühlt. Sein Leib- und Magenarchitekt, der junge Leeringer, würde eine Museumsarchitektur zaubern, wirklich modern und viel billiger, als man vermuten mochte. Eine Stiftung würde es geben, ein Stiftungskapital, das, wie könnte es anders sein, aus ein paar Immobilien bestünde und einen Stiftungsvorstand, handverlesen und einflussreich.
Joseph Blader grunzte zufrieden. Was waren das doch für Menschen, dachte er, die Museen erbaut hatten in der Vergangenheit? Leute wie Ludwig, Wallraf, Guggenheim. Sie waren berühmt geworden durch das Sammeln. Gut,

Ludwig war außerdem ein Bayernkönig, Wallraf ein Spionage-Autor und Guggenheim eine Nachtclubtänzerin oder so etwas ähnliches. Aber ihre Museen blieben ein guter Teil von ihrem Ruhm, das ließ sich nicht leugnen. Und nun waren sie immerhin unsterblich, und in den Eingangshallen ihrer Museen standen ihre Büsten in Bronze und Marmor.

Joseph Blader fühlte sich befreit, als er seinem Bruder die Hand reichte. Er war sehr zufrieden mit sich, und der Anblick des hinfälligen Greises vor ihm auf dem Sofa gab ihm die Sicherheit, noch lange zu leben.

Franz Blader war der große Bruder des Alten und somit noch älter. Der Krieg hatte ihn schwer beschädigt zurückgelassen und Franz hatte die Verwundung sein ganzes weiteres Leben gespürt. Ihm fehlte eine Handvoll Innereien seit der Schlacht vor Narvik, und daher hatte er sich, in einer pragmatischen Art, die seiner Familie zu eigen war, noch im Lazarett entschlossen, seine Krankenschwester zu heiraten, auf dass sie immer um ihn sein möge. Gütertrennung verstand sich von selbst, denn das Kapital musste in einer Hand bleiben. Und Kapital gab es genug, dafür sorgten die Brüder.

Für einen kurzen Moment legte Franz seine Linke über die Augen, dann fiel sie zurück aufs Sofa. Joseph deutete die Geste als Aufforderung sich zu setzen. Die Brüder sahen sich nur noch selten, aber je seltener sie sich sahen, desto klarer wurde, was seit sechzig Jahren zwischen ihnen stand.

Joseph, dachte Franz, hatte studieren dürfen. Und während Joseph studieren durfte, hatte er die Firma aus den Wirren des Krieges geführt. Immer, dachte Franz, war sein Bruder bevorzugt worden, er war gesund, er war studierter Architekt und er hatte eine Tochter aus reichem Haus an Land gezogen. Nie würde es Franz seinem Bruder verzeihen, dass er, Franz, statt eine ebenso gute

Partie zu machen, eine Krankenschwester geheiratet hatte. Ja, dass er, wegen der Kriegsverletzung, sie geradezu hatte heiraten müssen.
Sein Leben lang stand Franz diese Ungerechtigkeit vor Augen. Doch irgendwann hatte er einen Weg gefunden diese Ungerechtigkeit ein wenig auszugleichen, indem er etwas tat, was im Orgau sonst eher auf Befremden stieß. Er begann zu lesen. Nicht Gebrauchsanweisungen und das Morgenblatt, sondern Literatur. Und er begann nach München zu fahren und durch die Galerien zu streifen. Bald schon erstand er seinen ersten Expressionisten, der ihm zu recht das Gefühl gab, in Kretingen unverstanden zu sein, über Kretingen hinauszuwachsen und auch seinen Bruder hinter sich zu lassen. Nun konnte Franz den Joseph belächeln. Und gelächelt hatte er auch noch, als auch Joseph eines Tages anfing, durch Ausstellungen zu streifen, abends an der Leinwand zu stehen und zu versuchen, so zu malen, wie die Großen, die er gerade gesehen hatte. Bald stapelten sich bei Joseph die Leinwände. Lausige Kopien missverstandener Meister von Kirchner bis Sam Francis.
Das Lächeln von Franz wurde breiter, wenn er daran dachte. Dann sah er ihn, wie er sich im Sessel, ihm gegenüber, breit machte und Kaffee schlürfte.
Franz war neugierig, was Joseph zu ihm führte. Die Sache mit dem Museum, fürchtete er. Das mit dem Museum war schon zu Franz durchgesickert. Er lehnte sich zurück und hörte sich an, was sein Bruder ihm zu sagen hatte.
Das klang doch nicht schlecht, wenn er ehrlich war. Aber, als Joseph gegangen war, ahnte Franz eine eindeutige Kompetenzüberschreitung. Jetzt war es wieder still, niemand störte seine leisen Gedanken, und die Ahnung, dass sein Bruder hier etwas vorhatte, das ihm nicht zustand, verließ Franz nicht mehr.

In seinem seidenen Morgenmantel, den er nur noch ungern gegen einen Anzug eintauschte, verbrachte er den größten Teil des Tages auf seinem Sofa, und in diesen Stunden der Muße reifte bei ihm die Überzeugung, dass Joseph ihn überrumpelt hatte, wie schon so oft im Leben.

Der Versuch, der Stunde mit dem nötigen Pathos bereits jetzt geschichtliche Bedeutung zu verleihen, musste auf die herbeizitierten Herren einschüchternd wirken. Wortlos und bewegt wies Joseph Blader ihnen die Plätze an und Hugo Leeringer sank sandfarben in einen der Sessel. Er kannte den Alten. Er war in seinem Schatten groß geworden und zum auftragsreichsten Architekten der Gemeinde emporgestiegen. Irgendwie war es Leeringer sogar gelungen, Architektur zu studieren, ohne je Kretingen zu verlassen. Immer hatte er den alten Blader vor Augen gehabt, folglich kannte er ihn durch und durch, und jetzt bahnte sich ein neuer Auftrag an, das konnte er riechen.
Es war diese Stille, die die Schwerfälligkeit des alten Mannes noch bedrohlicher machte, es war die Anwesenheit Dr. Ludwig Mayrs, der als Stadtarchivar und Einzelgänger das skurrile Heimatmuseum unter seine Fittiche genommen hatte und vor allem das Erscheinen des Oberbürgermeisters. Der jugendlich feiste Rinz hatte gerade die Vierzig überschritten, sein rotes C&A-Sakko angezogen, das er zu gesellschaftlichen Ereignissen zu tragen pflegte und sich einen Bürstenschnitt verpassen lassen. Der verlieh seinem Gesicht, das ein einziger Vorstoß war, noch zusätzliche Dynamik. Sicher, Blader hatte ihm den siegreichen Wahlkampf finanziert, aber ein Oberbürgermeister blieb ein Oberbürgermeister, auch wenn man ihn bezahlt hatte, das gehörte zu den

Prinzipien des Alten. Und so pflegte er immer großen Respekt vor dem Amt zur Schau zu stellen, das nun Markus Rinz seit vier Jahren bekleiden durfte: Ein Oberbürgermeister wurde nur bestellt, wenn es etwas wirklich Wichtiges mitzuteilen gab.

Aus der Jackentasche seines Jogginganzugs, den er aus Bequemlichkeit selbst zu diesem Anlass trug, zog Blader einen kleinen Zettel, nicht viel größer als eine Postkarte. Aber Leeringer erkannte sofort die Skizze, die er bei einem Glas Mosel-Saar-Ruwer auf die Rückseite der Speisekarte des Gasthauses *Zum Goldenen Hirschen*, dem führenden Vereinslokal, gemalt hatte. Ganz nebenbei hatte Blader ihm dort von der Idee erzählt, die Stadt mit einem Museum zu beschenken. Nun also war die Zeit reif, der Beschluss gefasst und Leeringer sah sein Museum bereits in weiß und Glas und Beton und Blech erstrahlen.

Ein kurzes Röcheln Bladers brachte ihn zurück in seinen Sessel vor die trockenen Kekse.

-"Ich habe Sie kommen lassen, weil ich Ihnen etwas vorschlagen möchte. Die Stadt braucht ein Museum, einen Ort, wo wieder einmal eine wirklich besondere Ausstellung zu sehen ist. Die Stadt braucht Bewegung. Ich will, dass sich in dieser Stadt etwas bewegt, dieser Stillstand ist schlimm. Ich schenke Kretingen ein Museum. Herr Leeringer hat dazu schon eine Zeichnung gemacht." Und während er noch die letzten Worte hervorstieß, schob er mit einer knappen Bewegung Rinz die Skizze hin. „So soll es aussehen, und stehen wird es mitten in der Stadt."

Mayr beugte sich ein wenig vor, warf einen knappen Blick auf die Skizze und nickte fast unmerklich. Zugleich richtete Rinz seine Äuglein für eine sehr lange Sekunde durchdringend auf Leeringer, blickte dann interessiert auf die wenigen Striche und nickte ebenfalls. Er wusste sofort, was das zu bedeuten hatte. Der Alte wollte Steuern sparen und er wollte sich ein Denkmal setzen - und das war völlig in Ordnung. Aber er wollte auch seinen Sohn provozieren und hier wurde es gefährlich, denn auch mit Blader junior hatte sich noch keiner zu seinem Vorteil angelegt. Blitzschnell versuchte Rinz das Risiko zu kalkulieren. Nur nicht zwischen die Fronten geraten, jetzt die richtigen Worte finden.

Einen Moment dachte er an seine Frau, die ihm immer wieder bestätigte, was für ein begnadeter Redner er war, ein wirklich gesegneter Demagoge, und ein knappes Lächeln huschte über sein Gesicht.

-"Eine großartige Idee, das möchte ich in aller Deutlichkeit sagen", begann er schwungvoll. „Das ist ein neuer Impuls für unsere Stadt, aus einer Richtung, an die bislang niemand gedacht hat. Unbedingt sollten wir sie ernsthaft weiterverfolgen und baldmöglichst im Stadtrat darüber sprechen."

Ein kurzer Blick zum alten Blader zeigte ihm, das seine knappen, energischen Worte ihre beabsichtigte Wirkung vollständig verfehlt hatten. Der Alte war nicht zu täuschen. Er wusste, dass niemand ein Museum brauchte, dass niemand ein Museum wollte, dass es nicht einmal für ein geschenktes Museum eine Mehrheit im Stadtrat geben würde.

-"Planen Sie ihr Museum," kam Rinz mit Nachdruck zur Sache, „ich kümmere mich um das Andere."

Blader wuchtete sich hoch um streckte Rinz die Hand entgegen.

-"Das wollte ich von Ihnen hören. Sie machen das, da bin ich mir sicher."

Das war's. Alles war gesagt. Nun blieb ihm, dem Oberbürgermeister, nichts übrig, als zu gehen. Er knöpfte sein rotes Sakko zu und sah sich nach Mayr um, der bereits von seiner Fähigkeit Gebrauch gemacht hatte,

aus jeder Situation unbemerkt zu verschwinden. Seit wann genau er nicht mehr auf dem Sofa saß, würde nachträglich keiner sagen können. Mayr konnte verschwinden, als ob sein Bild auf den Wink einer höheren Macht diskret verblasste. Mehrfach schon hatte sich Rinz vorgenommen, dieses Abtauchen des Archivars aufmerksam zu beobachten, Mayr nicht aus den Augen zu lassen, denn er begriff den großen Nutzen, den es haben konnte, im richtigen Moment verschwinden zu können. Ihm würde das nie gelingen, ihm lag das Lautlose nicht. Er fühlte sich elend und sein Blick ruhte nun auf dem Architekten, der keinerlei Anstalten machte, sich zurückzuziehen. Und auch die Zufriedenheit, die Leeringer plötzlich ausstrahlte, widerte ihn an, so dass seine Adern auf der Stirn schwollen.
-"Ich finde hinaus," gab sich Rinz vertraut, wandte sich kurz zu Blader und schloss dann leise die Tür hinter sich. Zwei Herren waren allein. Versunken in ihre Sessel.

Aufstehen! Du musst aufstehen!, sagte sich Simon von Sturm in seinem Züricher Mittelklassehotelzimmerbett. Du musst arbeiten, arbeiten, arbeiten, um reich und berühmt zu werden. Vor allem reich. Was hatte er nur getrunken, um die Außerirdischen vergessen zu können? Woran er sich erinnern konnte, waren drei Mojitos auf dem Heimweg in einer Bar unten am Fluß. Hinter seiner Stirn litt die graue Masse und forderte Bewegungslosigkeit. Er blinzelte in das helle, klare Morgenlicht der Schweiz, das wie Nadeln in sein Hirn drang. Der kleine graue Computer wartete schon auf ihn und rief zu Arbeit und Disziplin. Auf seinem Kopfkissen lag die Sonne, und er würde ihr ohnehin nur durch einen Sprung unter die Dusche entkommen, also warf er die Bettdecke von sich und begann den Tag.

Als er nach einem starken Kaffee, in der Nase den Geruch der Klamotten der vergangenen Nacht, die in eine Zimmerecke verkrochen nach kaltem Rauch vor sich hin stanken, endlich vor dem Laptop saß, um den Versuch zu unternehmen, irgend etwas Neues, und vielleicht sogar Interessantes, über die Einsamkeit in den Hotelzimmern auf den Bildern Edward Hoppers in die Tastatur zu hämmern, befand er sich in einem beklagenswerten Zustand. Der Verlag saß ihm im Nacken, und mindestens zweimal in der Woche musste er sich die bittenden, mahnenden, fordernden Worte der Lektorin anhören. Auf seinem Hirn lag ein Grauschleier und sein Vorhaben erschien ihm aussichtslos. In diesen Momenten verfluchte er seinen Beruf. Er kannte niemanden, sagte er sich, der es im Leben wirklich leichter gehabt hatte als er. Alles war immer gut gelaufen. Er war intelligent, sagte er sich, und obwohl viele Kollegen seine Offenheit und direkte Polemik für unerträglich arrogant hielten, hatte er immer das tun können, was er wollte. Aber was hatte ihn dazu getrieben, Kunsthistoriker zu werden? Reich konnte man damit nicht werden, und dass die Gedanken berühmt waren, die er im Kopf hatte, aber nicht mit den Zeichen auf den kleinen grauen Tasten vor ihm in Verbindung bringen konnte, hielt er für unwahrscheinlich. Auch für ihn galt, davon war Simon wieder einmal überzeugt, was Edward Hopper über seine Künstlerkollegen gesagt hatte: „Neunzig Prozent von ihnen sind zehn Minuten nach ihrem Tod vergessen."
Das Telefon beendete die morgendliche Selbstmitleidsorgie abrupt. Simon hörte die elektronische Melodie des Apparates und floh zurück zum Bett, um entspannt den Anruf entgegenzunehmen. Wer rief ihn in diesem gelähmten Sonntagszürich an?
-"Guten Morgen." hörte er aus rauschender Ferne. „Du bist kein Produzent, kein Regisseur, kein Autor. Was

willst Du von mir?“
Simon brauchte Sekunden. Dann erinnerte er sich an Dr. Rackett, dem er, vom Champagner betäubt, seine Karte zugesteckt hatte.
-“Woher weißt du das?“
-“Ich hatte ein paar Stunden, um mich zu erkundigen.“
-“Das hättest du einfacher haben können.“
-“Wie komme ich also zu deiner Karte?“
-“Ich wollte einen Kaffee trinken, hatte ich das nicht gesagt...“
Das Schweigen in der Leitung wusste Simon nicht zu deuten. Dann drang ein Lachen zu ihm herüber.

Die blonden Haare spreizten sich in alle Richtungen, die abgewetzte Leinenhose flatterte im Gegenwind und das Werbeshirt für einen peinlichen Goldie-Hawn-Streifen, das der Typ trug, der dort vorne auf einem Müllcontainer hockte, war sicher einmal farbenfroher gewesen. Simon hätte Dr. Rackett niemals wiedererkannt. Sein Personengedächtnis war immer schon schwach, und vor dieser Verwandlung musste es kapitulieren.
-“Hi, ich bin Max,“ sagte der Typ, und Simon musste annehmen, da sonst niemand auf der Straße zu sehen war, dass Dr. Rackett sich in diesen Max verwandelt hatte. Ihm war alles Recht, was ihn nicht an Kunst und einsame Hotelzimmer erinnerte. Max hatte den letzten Abend offenbar viel besser verkraftet als er. Gut gelaunt und wach, schon am Mittag.
-“Normalerweise,“ sagte Max, „normalerweise treffe ich mich nicht mit Leuten, die mir nach der Vorstellung ihre Karte zustecken.“
-“Und? Warum machst du Ausnahmen?“
Max zuckte mit den Schultern und Simon sah das erste Mal fernes Glimmen in den Pupillen auf der anderen Seite des Bistrotisches, auf dem der Kellner gerade zwei

Kaffeetassen platzierte.
-“Es war schade, dass dich die Außerirdischen in Flaschen abgefüllt haben.“
-“Ja. Du hast Recht, ich sterbe viel zu früh. Das Publikum hat mich bis zum Applaus schon fast vergessen.“
-“Die Rolle ist nicht übel und du hast das wirklich gut gemacht ...“
-“Findest du?“
-“... aber der Rest ... Ich habe keine Ahnung von Musicals. Wahrscheinlich müssen Musicals so sein.“
Nach einem großen Schluck Kaffee lehnte sich Max zurück und schüttelte langsam den Kopf.
-“Nein. Das muss überhaupt nicht sein. Meine Rolle ist in Ordnung, ja. Es ist meine erste wirkliche Rolle, und das ist ganz schön. Aber das Ding ist kein Hit, und ich glaube, das wissen auch alle. Warum läuft’s wohl in Zürich und nicht am Broadway? Ich glaube, selbst die Schweizer merken irgendwann, warum es bei ihnen läuft und nicht in New York.“
Simon fühlte sich getroffen. Er fühlte sich wie dieses Musical. Statt in New York zu sitzen, saß er in Zürich, wenn auch nur, um sich ein Musical anzusehen, das in Zürich lief, weil es in New York keine Chance hatte. Dabei, dachte Simon, empfand er sich selbst doch durchaus amerikatauglich. Aber auch dieses Musical hatte mit Latino, Krankenhaus und Außerirdischen alles getan, um in New York erfolgreich zu sein. Und jetzt war es, wo es nie hatte sein wollen. Das Leben war gemein, die Welt ungerecht, das Leben ungerecht, die Welt undankbar, die Welt niederträchtig, die Menschen hinterhältig. Und immer trank er mit den falschen Leuten Kaffee. Oder doch nicht? Max schob seine leere Tasse von sich.
-“Dein Name klingt wie aus einer Daily Soap.“
Max hatte keine Antwort erwartet, begann jedoch, sich mit seinem schweigenden Gegenüber ein wenig zu lang-

weilen. Simon hatte sich in Gedanken weit davon gemacht, und Max' Stimme brachte ihn abrupt zurück.
-"Entschuldige. Was hast du gesagt?"
Max hob die Hand und winkte ihm.
-"Gehen wir zu mir oder zu dir?"

Es gibt Geschenke, die lassen sich nicht ablehnen

Inge Leeringer hatte ihre Carina-Diät hinter sich. Nicht dass sie sie wirklich gebraucht hätte, denn sie war das, was man ohne Umschweife als dürr bezeichnen würde, aber, wie das bei Dürren vorkommt, ihr kleiner Kugelbauch hatte sich um so deutlicher abgezeichnet und ihr an manchen Tagen das Aussehen einer Schwangeren verliehen. Doch wenn sie eines nicht mehr wollte, dann war es schwanger sein. Zwei Kinder gehörten zur Durchschnittsfamilie, zwei Kinder garantierten den Erhalt der Spezies. Inge und Hugo hatten dazu bereits vor Jahren ihren Beitrag geleistet. Ihre Pflicht gegenüber der Regierung erfüllt oder gegenüber wem auch immer. Natürlich liebte Inge ihre Kinder über alles, aber sie war doch sehr froh, dass die Blagen jetzt aus dem Gröbsten raus waren. Sie schissen in keine Windeln mehr, waren bis zum Mittag in der Schule, nachmittags mit dem Hund draussen und begannen allmählich selber zu denken. Jetzt brachen schönere Zeiten an.

Die Carina-Diät war vorüber und Inge den Kugelbauch los. Sie war wieder ganz die Dürre. Mit Spannung erwartete sie die Rückkehr ihres Mannes, der es so liebte, wenn sie Erfolge auf ihre Art feierten. Die kurze blaue Hose betonte ihre knabenhafte Figur und unter dem engen Top wippten ihre kleinen festen Brüste. Sie saß und sah auf den Fernseher, in dem sich das Glücksrad drehte, sprang zwischendurch immer wieder auf, eilte zu den Frikadellen, zum Wäschetrockner, zum Rasensprenger und regulierte den elektronisch gesteuerten Insektenkiller, ihren neuen, wetterfesten *Hexapodex*, der auf der Terrasse summte und für die Vernichtung von vierhundertzwanzigtausend verschiedenen Insektenarten geeignet war. Dann fiel endlich die Tür ins Schloss.

Hugo war heimgekehrt, und ein Lächeln lag auf seinen fahlen Gesichtsflächen. Kaum war er aufs Sofa gesunken, stand eine Schüssel Kartoffelsalat und ein Tablett mit Frikadellen vor ihm, und Inge zog die Vorhänge zu, um den dunkelgrauen Nachmittag auszusperren. Die Kinder waren bei den Nachbarn, der kleine kläffende weiße Spitz in den Keller gesperrt und nun umspielte leiser Soul Inges Körper. Mit einer lasziven Geste streifte sie ihr Top ab. Die Hand zwischen den Beinen streckte sie Hugo ihre Brüste entgegen, ließ ihre Shorts fallen und sank auf den gläsernen Couchtisch nieder. Dank Haarspray umrahmte ihre Mähne das schmale Gesicht ungebändigt und wild. Langsam öffnete sie ihre Schenkel und gab den Blick frei auf frisch gestutztes Schamhaar und zartrosa Schamlippen, über die sie ihren Zeigefinger gleiten ließ. Mit der anderer Hand angelte sie geschickt eine Flasche *Söhnlein Brillant* hinter der Armlehne der Couch hervor und goss sich die perlende Flüssigkeit so in den Mund, dass sie über ihr Kinn rann, auf ihre Brüste tropfte und über ihren Bauch hinunterlief. Dann reichte sie Hugo die Flasche, der unbeweglich in den Kissen lag und sie ansah. Mit einem katzenhaften Sprung war sie auf ihm, als in der Küche der Wäschetrockner zu einem letzten Schleudergang startete. Hugo wagte nicht sich zu widersetzen, als sie ihm das Hemd und dann seine Hose aufknöpfte und seinen Schwanz vorsichtig zwischen die Zähne nahm.
-"Tu muss heutnich tsum Volleyball, oder?", kam es zwischen seinen Beinen hervor. Er streichelte die borstigen, klebrigen Haare und spürte langsam die Erektion. Stolz war er auf seine Frau, die so viele verborgene Qualitäten besaß und der es immer wieder gelang, ihn zu überraschen. Er pflegte nur wissend zu schmunzeln, wenn andere im Verein zu später Stunde mit ihren sexuellen Experimenten protzten, denn seine

Ehe unterlag der Diskretion. Aber manchmal war er nahe dran, seinen Kumpels von Inges Vorzügen zu erzählen, zur Ehrenrettung seiner Frau, denn Inge wurde von allen unterschätzt. Sie war so gelenkig und leidenschaftlich und jetzt, wo er die Hitze spürte, die seinen heißen Schwanz umgab, die feuchten Tropen, in die er eingetaucht war, wusste er wieder felsenfest, warum er sich für Inge entschieden hatte.

Das Frühstück war ab- und die Spülmaschine eingeräumt, der Tisch feucht gescheuert und trocken nachpoliert. Frau Wannstädter hatte ihren Arbeitsplatz im Griff, und jetzt kam *ihr Viertelstündchen*. Sie goss sich eine Tasse frischgebrühten Kaffee ein, schlug die Zeitung auf und machte es sich bequem.

Wie in jeder ordentlichen Gemeinde gab es auch in Kretingen diese Institution, die sich ebenso umfangreich wie inhaltsleer täglich gleichbleibend erneuerte - die lokale Zeitung, den *Orgauer Volksfreund*, in dem Leserbriefe erschienen, geschrieben im Schutz der eigenen vier Wände und meist im Zustand akuter Empörung. Diese Empörung war das Herzblut der Gazette. Es war keine Überraschung, dass Leserbriefe Meinungen unverhohlener wiedergaben als sonst in diesen Regionen üblich, denn wo, wenn nicht im eigenen Heim, durften sich Hassgefühle entladen. Dort tropften Gift und Hilflosigkeit aus den Federn. Und gleichfalls im Schutz der eigenen vier Wände war es Pflicht, wollte man umfassend informiert sein, diese Leserbriefe am Morgen als erstes zu verschlingen.

Auch Frau Wannstätter setzte sich hin und schrieb. Sie brauchte wirklich kein Museum. Nein. Und wenn es schon unbedingt ein Museum sein sollte, dann sicher nicht mitten in der malerischen Altstadt. Sie warf einen

letzten Blick auf ihre erzürnten Zeilen, setzte ihre schwungvolle Unterschrift, faltete das Papier, steckte es in ein selbstklebendes, blassblaues Kuvert und trug es sofort zum Briefkasten. Bevor sie es sich noch anders überlegte, dachte sie.
Damit nahm das Schicksal, ihr Schicksal, seinen Lauf. Ein kurzes Rascheln, als der Brief durch den Schlitz zu den anderen Briefen rutschte. Das war der Anfang. Denn Frau Wannstätter war nicht irgendwer, und damit war auch ihr Leserbrief kein beliebiger Leserbrief. Vielmehr war Frau Wannstätter die Frau des Leiters der einzigen ortsansässigen Fachschule, und ihr Mann Mitglied in einem der zweihundertsechsundfünfzig ortsansässigen Vereine. Genauer: er war Mitglied der selbsternannten Elite, deren Aufgabe darin bestand, einmal wöchentlich gemeinsam zu essen und ansonsten zu rotieren. Er war Rotarier.
Über manchen Leserbrief konnte man kopfschüttelnd hinweggehen, über manchen konnte man schmunzeln, aber ein Mensch wie Frau Wannstätter hatte doch eine Verantwortung.
-"Elite verpflichtet, das muss doch auch der geläufig sein," ließ sich der Schuhhändler Eddie Toller, der seine Zunft im Verein vertreten durfte, intern vernehmen. Der Leserbrief von Frau Wannstätter war ein Eklat, kulturfeindlich, bladerfeindlich und auch sonst ein Schlag ins Gesicht gebildeter Schichten.
Es gab ein paar Telefonate, und nach einem Monat war Herr Wannstätter nicht mehr Mitglied des Vereins, denn hier musste jeder wissen, wo er stand, und jeder musste wissen, wo die Frau stand, und wenn er oder die Frau auf der falschen Seite standen, dann war das eine Überraschung, und Überraschungen liebte man nicht im Orgau.
Im Club wurde ein Sessel frei, und Leeringer ließ sich nicht lange bitten. Ergeben hob er die Hände, lächelte

und sprach davon, wie ehrenvoll es sei, Künstler und Musiker dazu zu bringen, honorarfrei Ausstellungen und Konzerte zu veranstalten, um dann mit dem eingenommenen Geld zum Mäzen zu werden und Brunnen in Burkina Faso graben zu lassen. Solche Sachen machten die Rotarier gern.

Der Stadtrat war friedlich, er machte keine Probleme mehr, aber dieser Frieden schien verdächtig. In den bleiernen Sitzungssälen des alten Rathauses saßen alte Männer zusammen, vertraten ihre Interessen und arbeiteten hart daran, diese Interessen mit denen ihrer Wähler irgendwie in Einklang zu bringen, damit sie auch nach der nächsten Wahl weiter ihre Interessen würden vertreten können.
Die Kultur auf seine Fahnen zu schreiben, hatte im Orgauer Wahlkampf noch nie Sinn gemacht, und dennoch erhob sich nun ein dicker Glatzkopf - Übergewicht, so hätte man meinen können, war Voraussetzung für die Wahl in den Stadtrat - und forderte neue Sitze für das Stadttheater. Mit kleinen fahrigen Gesten erklärte der Dicke die Notwendigkeit der Sessel, die Tortur, die man ausstehen müsse, wenn man ein Schauspiel besuche, die Schäbigkeit der Polster und die Spiralen, die sich stellenweise durch den Stoff bohrten und über kurz oder lang zu Versicherungsschäden an der Abendgarderobe führen mussten.
-"...und deshalb sage ich, her mit den Sesseln, Kultur muss bequem sein, auf diesen Polstern aber ist sie unzumutbar."
Erstauntes Schweigen. Die Runde sah neugierig auf den Redner in ihrer Mitte und verharrte lautlos. Nicht einmal arglistig war diese Stille, sie war nur Ausdruck großer Verwunderung. Oberbürgermeister Rinz brach die atem-

lose Ruhe mit einem Nicken, einem Räuspern und der Empfehlung, in den Fraktionen über den Antrag nachzudenken.
-“Und noch eins,“ ließ er sich vernehmen, „wo wir gerade bei der Kultur sind...“ Jeder im Raum wusste, was jetzt kommen würde.
-“Ich hoffe, Sie wissen, was passiert, wenn wir das großzügige Geschenk ablehnen, das uns Joseph Blader machen möchte. Der Spott der überregionalen Medien ist uns sicher, und Sie wissen genauso gut wie ich, dass wir uns diesen Spott nicht leisten können. Von ihrer Seite sollte es also besser ein einstimmiges Votum geben.“ Diese Worte waren vollkommen überflüssig, denn längst hatte man sich nach ein paar Aufmerksamkeiten des Bauunternehmerveteranen auf eine Zustimmung geeinigt, aber Rinz liebte nun einmal Machtworte und Drohgebärden und die Herren des Stadtrates quittierten sie mit Gleichmut. Eine Chance gab es ja noch. Die letzte Hoffnung auf Vermeidung des Museums ruhte nun auf den Anwohnern. Wer wollte schon neben einem Museum wohnen? Für manchen war das eine wirkliche Zumutung, die Lärmbelästigung, die Fremden, die bedrohliche Nähe zu den Produkten kranker Geister, wie sie heute hauptsächlich in den Stätten der Kultur gezeigt wurden. Es gab Nachbarn, die neben einem Museum einfach nicht leben konnten. Auch in der unmittelbaren Nachbarschaft der psychiatrischen Klinik war es schließlich schwierig, Wohnungen zu vermieten.

Der alte Blader war zufrieden. Wenn er eines gelernt hatte in sechzig Jahren, dann war es die Tatsache, dass es nichts gab, was für Geld nicht zu bekommen war. Auf dieser Gewissheit erhob sich sein Leben, sein Weltbild und seine Hoffnung. Nur Menschen, die reicher waren als er, hatte er manches Mal nicht kaufen können.

Deshalb hatte er früh beschlossen, der Reichste zu werden in seiner Stadt.
Blader ließ den Blick durch sein Wohnzimmer schweifen. Er irrte über den Louis-XVI-Sekretär, die altdeutsche Anrichte und blieb am lebensgroßen Portrait seines Vaters als Gebirgsjäger hängen, das er schon mehrfach in den Keller hinter den Schrank mit den Einmachgläsern und Sammeltassen gestellt hatte, dass er jedoch nicht vergessen konnte und schließlich immer wieder hervorkramte. Diesem alten Herrn verdankte er seine Einsichten über Geld. Der hatte den Grundstein gelegt für den Erfolg, und auch er hatte ein Leben lang hart ausgeteilt bis zur völligen Vereinsamung. Als dann die Währungsreform kam, war er keineswegs arm gewesen, aber alt und sprachlos. Er hatte beschlossen, sich aus der Wirklichkeit zu verabschieden und war in der Psychiatrie verendet. Das Krankenhaus lag wie ein Schatten über Joseph Bladers Aufbruchszeit; er dachte an die wenigen Besuche beim Vater, die sich tief eingebrannt hatten, und noch immer, wenn er nach Nordwesten mit seinem Benz die Stadt verließ und die Blöcke der Klinik liegen sah, spürte er das Würgen wie von einer dünnen und starken Schnur, die sich um seinen Hals zuzog.

Ein kühler Morgen, und der graue Benz schlich durch die Enge der Altstadt. Mit einem Köfferchen sei er ausgestiegen, erzählte man sich später - aber Kretingen war nicht Chicago; ein Kuvert wird es gewesen sein. Schwer ging der Atem des Alten in der feuchten Luft des frühen Tages. Der Instinkt für den architektonischen Großauftrag hatte Leeringer an diesem Morgen auf den Posten des Chauffeurs befördert. Nichts wollte er dem Zufall überlassen, bei allen wichtigen Schritten zu seinem Museum wollte er zugegen sein, und sei es nur als Chauffeur. Wieder einmal schöpfte er aus seinem breitgefächerten

servilen Potenzial und hielt die Tür, damit Joseph Blader mit dem Umschlag an die Theke des kleinen Ladens treten konnte. Jeder wusste, um was es ging, und der Alte hielt es nicht einmal für nötig, den Hut abzunehmen.
-“Mir pressiert`s“, hörte ihn der Mann im Laden keuchen und sah, wie sich die zitternde Hand mit der Zuwendung näherte.
Es war nicht die Art des Alten zu bitten. Bevor eine Bitte über seine Lippen kam, zog er lieber ein Bündel Scheine. Niemand konnte sich in Kretingen erinnern, jemals eine Bitte von Blader gehört zu haben. Jeder, der die Verhältnisse in Kretingen kannte, hatte diesen Charakterzug des Alten beobachten können, und viele machten ihn sich zunutze. Das Aufklappen seiner Geldbörse war ein Zeichen, das man nicht missverstehen sollte. Nahm man das Geld, so verwandelte man sich in den Augen Bladers in einen Menschen, in ein vernunftbegabtes Wesen mit Respekt vor bleibenden Werten, lehnte man ab, war man gefährlich, verkommen, unberechenbar und hatte sich das, was unabwendbar folgen musste, selbst zuzuschreiben. Denn Blader fand noch immer einen zweiten Weg, zum Ziel zu kommen.
Der Mann hinter der Theke lebte lange genug in Kretingen, um zu wissen, was er zu tun hatte. Er lächelte und nickte.
-“Ich glaube, meine Frau und ich, wir werden schon irgendwie mit dem Museum zurechtkommen, auch wenn es gleich hier am Platz steht. Es wird schon gehen.“ Und er dachte an seinen dickköpfigen Nachbarn, der nicht nur seine Stelle in der Rathausverwaltung verloren hatte, sondern auch über Nacht seine Kreditwürdigkeit bei der Bank, und der seit Wochen nicht mehr gesehen worden war, nur weil er drohte, gegen den Bau des Museums zu klagen.
Blader hob die Hand, berührte seine Hutkrempe zum

Gruß und wandte sich zur Tür. Der Mann beugte sich über die Theke, um durch sein Schaufenster zu sehen, wie sich Blader in seinem Wagen entfernte, dann schloss er ab, hängte sein kleines Schild *Bin gleich zurück* in die Tür und ging nach oben zu seiner Frau. Ihr Widerstand hatte sich ausgezahlt, sie hatten den richtigen Weg genommen, protestiert, um im entscheidenden Moment nachzugeben. Wie dumm waren doch die Nachbarn, die sich nicht beklagt hatten, und wie dumm waren die, die gleich mit einem Prozess gedroht hatten. Durch ihre Gleichgültigkeit oder ihre Sturheit brachten sie sich um ein nettes Schmerzensgeld. Während er den Umschlag auf den Küchentisch fallen ließ, zuckte er nur mit den Schultern, bat seine Frau um eine Tasse Kaffee und war stolz auf seinen Instinkt für einträgliche Geschäfte.

Simon hatte Zürich nicht verlassen. Er konnte ebenso gut in Zürich arbeiten. Niemand schrieb ihm vor, in welcher Stadt er vor seinem mausgrauen Gedankenspeicher zu sitzen hatte. Bücher und Betten gab es auch hier. Und mehr brauchte er nicht für seine Arbeit. Die Rosen auf seinem Balkon in Bologna goss die Nachbarin, also konnte er bleiben. Zürich war eine wunderbare Stadt, hier durfte er den ganzen Tag in einem breiten Bett liegen, im Bett schlafen und denken, nirgendwo dachte und schlief es sich so gut wie in einem breiten Bett. Und seit er sein Hotelzimmer geräumt hatte, schrieb es sich auch viel besser über Hotelzimmer in der Kunst.

Noch nie war er so verliebt gewesen. Bis in den Nachmittag hinein lag er mit Max im Bett. Der Foodservice der Chinesen und Italiener kannte ihre Adresse inzwischen auswendig, und wenn Max in der Dämmerung das Haus zur Vorstellung verließ, streifte Simon durch die weltstädtischen Cafés und Bars, um am Ende des Abends Max wiederzufinden, der sich erschöpft auf einen Tresen, auf sein Bett oder auf ihn fallen ließ. Tagsüber zogen sie oft durch die Geschäfte, probierten die neue Bademode, kauften Rotwein aus Montalcino oder Fliegenpatschen von Alessi, ärgerten Kassiererinnen oder teilten sich Eisbomben.

Schwere scheppernde Bässe kündigten schon von der Straße aus die Kneipe an, die Simon nach Mitternacht betrat. In der verqualmten Menge sah er Max, hörte die weichen Melodien einer fernen Oboe und während in Asien die Börse kollabierte und vor Florida ein Hurrican die Küste verwüstete, verwandelte hier in Zürich ein warmes Licht alles in Broadway pur.

-"Um eins will ich zu Hause sein", überbrüllte Max den Lärm. „In den Ein-Uhr-Nachrichten soll's in Florida die ersten Toten geben!" Simon nickte und zahlte seinen Rotwein.

-"Dann lass uns los."

Sie saßen auf der Bettkante. Der Orkan tobte auf dem Bildschirm und wirbelte Dächer durch Vorgärten. Max war träge und sonnte sich in den Blicken Simons, der über ihn gebeugt auf ihn heruntersah.

-"Genug zerzauste Palmen." Das Bild verlosch und Max hörte nur noch den Atem und das Flüstern an seinem Ohr. „Genug zerzauste Palmen." Die Fingerspitzen folgten den Wölbungen seiner Brustmuskeln, näherten sich seiner Gürtelschnalle und glitten langsam zwischen seine Beine. Max zeigte seine großen Zähne und warf den Kopf zurück, um in die dunklen Augen über ihm zu sehen.

Ein süßer Rausch würde ihn in die Zukunft schleudern, und er würde immer wieder aufwachen neben diesem Körper, der Max gehörte, dachte Simon, diesem Körper, der so gut zu den hemmungslosen Eruptionen, den verschrobenen Schmeicheleien und den Küssen passte, die Max ewig versprühen würde. Bescheidene und gewaltige Überraschungen erwarteten ihn, dachte Simon, das verriet jeder Atemzug seines Freundes. Jetzt war es eine nasse Zunge, die sich in seinen Bauchnabel bohrte und ihn lautlos auflachen ließ.

Familienbande

Nun konnte die Arbeit beginnen. Der Alte hatte sein Ziel erreicht. Der Baugrund wurde abgesteckt, doch die Gemeinde war noch immer gespalten. Die eine Hälfte blickte verachtungsvoll auf die Farce demokratischer Instanzen, die nicht fähig waren, das zu verhindern, was Kretingen in den vergangenen achthundert Jahren nicht gebraucht hatte und in den kommenden achthundert nicht brauchen würde: ein Museum. Die andere Hälfte lehnte sich zurück und wartete auf das Misslingen. Denn das Scheitern konnte leicht zum Lebensziel des rechtschaffenen Orgauers werden. Nicht das eigene, sondern das Scheitern der anderen natürlich.
Scheitern ohne Zutun von außen, das stille Zugrundegehen der anderen, oh, was konnte schöner sein, als da aus sicherem Abstand zuzusehen.

Noch einmal wollte sich Joseph Blader einen Traum erfüllen. Oder war es sein erster? Es würde sein letzter sein, soviel schien sicher.
-“Mir pressiert`s,“ pflegte er mal traurig, mal ärgerlich zu sagen. Das Dasein zerrann, und er hangelte sich mühsam von Tag zu Tag, von Woche zu Woche, saß im Sommer in Kretingen zwischen Alwines Blumen mit Blick auf die Wildach, die braun und reißend vorbeizog und im Winter auf der kahlen Terrasse in Davos. Bestenfalls. Zu viel Zeit zum Nachdenken, zu wenig Zeit zum Leben.
Mit langsamen Bewegungen rasierte er sich vor dem Badezimmerspiegel. Er prasste, denn es war prassen, wenn er sich für jede Rasur eine neue Klinge leistete. Reichsein kam nicht vom Geldausgeben, das war eine welterschütternde Weisheit. Und dieser Weisheit folgend, hatte er für seine Verhältnisse ein bescheidenes Leben geführt. Verschwendung lag ihm nicht, nur scharfe

Rasierklingen, die leistete er sich auf seine alten Tage. Immer hatte ihn das schlechte Gewissen geplagt, wenn er unnötigerweise Geld ausgab. Vielleicht lag das aber auch daran, dass Geldausgeben in Kretingen besonders wenig Spaß machte. Als er jetzt die schütteren Haare und verfallenden Zahnreste im Spiegel betrachtete, resümierte er gleich noch eine andere Erkenntnis seines Lebens. Das Neue, dachte er, während das Messer leicht durch den weißen Schaum auf seinen Wangen glitt, würde immer abgelehnt werden. Auch das war ein Allgemeinplatz von herausragender Güte, aber er liebte das Unwiderlegbare, die Wahrheit des Banalen. Und diese Wahrheiten schienen sich nirgendwo deutlicher zu bestätigen als in Kretingen. Reichtum war der Gradmesser für alles, und für Reichtum brauchte man Stabilität der Verhältnisse, jede Veränderung konnte daher in den Augen der Kretinger nur eine Veränderung zum Schlechteren bedeuten. Und so hatte man lange schon beschlossen, den Niedergang Kretingens unmerklich vonstatten gehen zu lassen, denn auch wenn es paradox erschien, Stillstand setzte allemal etwas in Bewegung: den Niedergang, schleichend bis zum Tiefpunkt. Und wenn dieser Tiefpunkt dann erreicht sein sollte, wenn nur noch ein Wandel zum Besseren möglich wäre, dann würde man Ausschau halten nach der Tradition, die den Stillstand als Kulturgut adelte.
Blader trat einen Schritt zurück und betrachtete seinen prallen, haarlosen Bauch, die hängenden Brüste und die fleckigen, schlaffen Arme, und dieser Anblick bestätigte ihn. Dem Verfall zum Trotz, würde er sich seinen Traum erfüllen. Gewaltsam. Denn das Neue ließ sich hier, zumindest hier, nur mit Gewalt verwirklichen. Deshalb hatte er alles durchdacht und vorbereitet und konnte sich guten Gewissens aufmunternd zunicken.

Als wolle er eine lästige Fliege verscheuchen, fuhr Manfred jedes Mal mit der Hand durch die Luft, wenn er an seine Kindheit dachte. Er wollte an seinem Nachwuchs wieder gut machen, was ihm sein Vater, der alte Joseph Blader, angetan hatte. Er liebte das gute Leben, das für ihn erst jenseits des so genannten Gesellschaftslebens begann. Deshalb ließ er sich in Kretingen nicht öffentlich blicken und genoss die Abende in seiner Villa am Stadtrand mit seiner Familie. Er gähnte, legte die Füße auf einen Lederschemel und schloss die Augen.

Schnell verscheuchte er die Erinnerungen und begann leise zu summen, um mit einer Melodie die düsteren Gedanken zuzudecken. Von weitem hörte er das Lachen seiner Tochter und sah sich selbst auf einem schmalen Bett sitzen in kurzen Hosen, aus denen Beine ragten, die er, und offenbar auch seine Mitschüler, für unförmig hielten. Er war wieder im Internat, denn seine Eltern, die freie Hand brauchten, um ihren Beitrag zum Wirtschaftswunder leisten zu können, hatten ihn dort abgeliefert. Er heulte und wimmerte nach Kretingen. Wie unangenehm ihm, Manfred, diese Erinnerungen heute waren, sein Stottern, die Schafscheiße unter dem Kopfkissen, das nasse Bett, die endlosen Nächte, in denen er sich nach Hause gesehnt hatte, schlaflos und angefüllt mit dem Spott seiner Zimmergefährten. Recht hatten sie gehabt. Er war ein Schlappschwanz. Und: Was hatte er in Kretingen zu erwarten? Aber damals sehnte er sich nach seiner Mutter, nach ein wenig Wärme und ihrem Lächeln, das noch nicht ganz so versteinert war wie jetzt. Er hatte sich von einer Seite des Bettes zur andern geworfen, der durchdringende Schweißgeruch der Schlafsäle verursachte ihm Übelkeit, und das Kichern der anderen verhieß nichts Gutes. Er glaubte sie zu hassen, aber was Hass sein konnte, hatte er erst erfahren, nachdem er

befreit war aus den Fesseln des Internats und in die Firma eintrat, die Firma seines Vaters.
So glücklich war er gewesen, dass die Qualen nun ein Ende finden würden. Aber was dann passierte, konnte er noch heute fühlen. Dieses Eisen, das sich durch seine Brust zu bohren schien, sein Blut staute bis zum Ersticken und hinter den Augen einen schmerzhaften Druck erzeugte, der ihn für Momente blind machte. Das war Ohnmacht und Hass. Noch jetzt spürte er die Nägel seiner Faust, die sich zwischen Lebens- und Schicksalslinie eingruben. Damals hatte er sich geschworen, seinem Vater die Erniedrigungen heimzuzahlen, die Beschimpfungen vor dem Personal, vor den Prokuristen und Zeichnern. Einmal hatte er ihm verziehen und gehofft, der Alte habe verstanden, was er ihm antat, als er vor allen zu brüllen begann, aber sein Vater hatte nichts begriffen, und schon wenige Wochen später war es wieder soweit. Das harte, schnappende Organ hatte ihn und alle anderen zum Schweigen gebracht und Prügel ausgeteilt, die jeden Fausthieb übertrafen.
Leise begann Manfred zu summen und verließ den Ort dieser sinistren Erinnerungen, um nach seinen Kindern zu sehen, die im Garten spielten. Seine Jungs entwickelten sich prächtig, sie wussten, wer sie waren, und gaben, ohne hochnäsig zu sein, in ihrer Klasse den Ton an. Manchmal schossen sie dabei übers Ziel hinaus, wie neulich, als sie über Stunden das Schleudern eines Holzscheits trainierten, bis sie so präzise trafen, dass sie einer Ente auf dem Weiher aus fünfzehn Metern das Genick brechen konnten. Alles in allem war Manfred stolz auf seine Söhne, die zweifellos im Leben zurecht kommen würden. Seine große Liebe war jedoch seine Tochter, die das Haus mit ihrer Fröhlichkeit erfüllte.
Die Kretinger Gesellschaft verachtete er und verweigerte jeden gesellschaftlichen Kontakt. Zum Bedauern des

Bürgermeisters, des Rotary Clubs, der freiwilligen Feuerwehr. Er zog sich, sobald er die Firma verließ, zurück in sein Heim, in dem seine Kinder bereit standen, um ihn zu erfreuen. Er parkte seinen Wagen in der Doppelgarage, hängte seinen Mantel in den Spiegelschrank in der Diele und ging direkt zu seinen Lieblingen, die draußen im Garten die Frösche ertränkten, die während des Tages in den Pool gefallen waren und sich auf eine der schwimmenden Matratzen gerettet hatten. Die Sonne war ein wenig hervorgekrochen, und er ließ sich in einen Liegestuhl auf der Terrasse fallen, den seine Frau schon hergerichtet hatte. Er führte eine beneidenswert friedliche Existenz. Nur sein Vater machte ihm Sorgen. Aber diese Sorgen würden erst aufhören, wenn der Alte tot wäre. Damit musste Manfred leben.

Wenn er morgens sein Büro betrat, dann sah Manfred Blader aus dem Fenster am Ende der Herzog-Rudolf-Straße das Museum entstehen. Jeden Morgen, wenn er seine Firma betrat, oft schon kurz nach dem Cretina-Läuten, durfte er Zeuge werden, wie am Ende der Straße sein Erbe aufgezehrt wurde für Kunst! Für die Sammlung seines Onkels, für ein Museum, errichtet durch seinen verhassten Vater. Manfred Blader ertappte sich, wie er aus dem Fenster stierte. Was sind schon die paar Millionen, hörte er sich lachen. Aber sein Lachen war bitter, denn das, was sich dort am Ende der Straße abspielte, war der letzte Akt. Damit wollte sich sein Vater als Triumphator von dieser Welt verabschieden. Als Sieger über ihn. Und nun hörte er das Lachen des Alten. Zehn Jahre war es her, da hatte Manfred sein Ziel erreicht. Was war das für ein Tag, als er zwischen all den Arbeitstischen hindurch zum Schreibtisch seines Vaters ging, um dessen Platz einzunehmen. Ein Hochgefühl.
Der Alte hatte, wie es seine Art war, wortlos Abschied

genommen, ein paar Hände hatte er gedrückt mit diesem Doggenblick, dann war er hinausgeschlichen in den Septembermorgen in einem Jogginganzug, den er seither mit Vorliebe trug und in dem er langsam das Erscheinungsbild eines Obdachlosen annahm.
Wie man es auch drehte, zwirbelte, haspelte und wendete, es musste gehandelt werden. So durfte ihm der Alte nicht davonkommen. Und nun hatte Manfred Blader den genialen Einfall.
Abrupt wandte er sich zu seinem Schreibtisch, ließ sich in die Lederpolster des Chefsessels fallen und kniff die Augen zusammen. Er war nicht umsonst der einzige Neffe, und damit der Lieblingsneffe, von Franz Blader, und genau das war der Punkt, um nachzuhaken.
Gut. Sein Onkel Franz hatte seine Kunstsammlung für das Museum zugesagt, aber was war schon eine mündliche Zusage. Diese Zusagen, wie sie unter den Ehrenmännern, Ehrenbeamten und Ehrenbauern der Region per Handschlag besiegelt wurden, waren ja gerade deshalb beliebt, weil man sich nicht mehr unbedingt an sie erinnern können musste. Auch Manfred spürte im diffusesten Winkel seiner Seele die geheimen Verknüpfungen von Gedächtnis und Moral. In seltenen Augenblicken drang eine Ahnung zu ihm, die ihm sagte, dass sich Moral ohne Erinnerung - Gott sei`s gedankt - nicht vorstellen ließ. In diesen Momenten suchte er sein Gedächtnis auszulöschen. Das kostete Kraft, aber nachher, wenn sich der Alltag wieder über seinen Gedächtnislücken geschlossen hatte, fühlte er sich besser.
Nun hing er in seinem Chefdrehstuhl, griff zum Hörer und wählte die Nummer seines Onkels. Er ließ es lange läuten und stellte sich dabei den schwerfälligen Körper vor, der zunächst ein- oder zweimaliges Klingeln abwartete, bis ihm einfiel, dass seine Frau zum Supermarkt oder in die Apotheke gegangen war, der dann überlegte, ob er

die Strapazen, die das Verlassen seines Sofas mit sich brachte, auf sich nehmen sollte, um zu spät an den Apparat zu kommen, oder mit einem Klempner sprechen zu müssen, der sich über Abzüge bei der Überweisung der letzten Rechnung für die Spülkastenreparatur beklagte. Das lange Klingeln würde ihm schließlich nahelegen, dass der Anrufer über seine Schwerfälligkeit im Bilde war und die nötige Geduld besaß. Wie lange diese Geduld, die mit jedem weiteren Läuten strapaziert wurde, vorhielt, ließe sich jedoch nicht herausfinden, bis das letzte Läuten erstorben wäre. Dann wüsste Franz etwas über die Geduld, jedoch nichts über den Anrufer. Je länger Franz zögerte, desto unwahrscheinlicher würde es, das Telefon noch rechtzeitig zu erreichen. Den Ausschlag, ob es noch zu einer Verbindung mit der Außenwelt kommen würde, gab zugleich, auch daran mochte Franz denken, nicht so sehr sein Zögern, sondern die Beharrlichkeit des Anrufers, aber Manfred hatte gelernt, beharrlich zu sein. Tatsächlich hörte er nun in der Leitung die Stimme seines einzigen Onkels, der damit zugleich sein Lieblingsonkel war.

Neununddreißig Vorstellungen hatte es gegeben bis zum Aus. Neununddreißigmal Außerirdische in Zürich. Eine Blamage. Erfolgloser war noch kein Musical in der Schweiz gelaufen. Die Zeitungen voller Spott. Max stand im Bad und setzte sich den zwei Neonröhren aus, die ihn von links und rechts des Spiegels ins Visier nahmen. Dann kehrte er ins Bett zurück und ließ sich von Simon in den Arm nehmen. Wortlos und grün. Grün hatte ihm der Spiegel sein Gesicht gezeigt, und grün fühlte er sich. Neununddreißigmal. Eine persönliche Niederlage.
-"Du musst raus aus diesem schrecklichen Zürich. Wir packen und fahren erst einmal nach Bologna. Von

meinem Balkon in Bologna aus wirst du die Dinge anders sehen."
Max nickte und als er die Kaffeemaschine aus der Küche hörte, glitt sein Blick bereits durch den Raum, taxierte den Schrankinhalt, den Fernseher, die Plakate an den Wänden. Nicht ohne meine Kaffeemaschine, dachte er.
Sie nahmen den 22-Uhr-7-Zug. Die Nacht rauschte vorbei. Allein, notlichtbeleuchtet, machten sie sich auf den abgeschabten Sitzen breit. Die Liegewagen waren ausgebucht gewesen, aber hier, in diesem alten Abteil war es ohnehin gemütlicher. Zigarettengeruch hing in den Polstern, das Plastikrollo klemmte auf halbem Weg und ließ von Zeit zu Zeit das Licht leerer Bahnhöfe einfallen. Simon saß an der Tür und beobachtete die Lichtspiele auf Max` Gesicht. Dann begann er leise zu erzählen.
-"Kennst du Frankfurt?"
Max schüttelte den Kopf.
-"Das Gegenteil von einer schönen Stadt. Ich war Kind in Frankfurt. Hinterhöfe, enge Straßen, Asphalt. Mir ging's gut. Aber was Frankfurt für die anderen war, habe ich immer erst im Tessin gemerkt. Jedes Jahr wenn ich mit meinen Großeltern in den Ferien im Tessin war."
Max zog die Vorhänge zum Gang zu, auf dem zwei Rucksackreisende ihre Zigaretten drehten.
-"Ich war zu einer Zeit Kind in Frankfurt," sagte Simon, „in der es genügte, zu sagen, man sei aus Frankfurt, um Misstrauen zu ernten. Frankfurt war die Stadt der Terroristen, da lebten die, die Bomben auf die Leute von der Bank warfen."
Mit einem kurzen Ruck zog sich Max das Hemd aus der Hose und öffnete wie in Trance einen Knopf nach dem anderen, bis Simon die feinen blonden Haare auf Max' Bauch im Bahnhofslicht von Chiasso erkennen konnte.
-"Dieses Misstrauen hat mich stolz gemacht. Die Stadt aus der ich kam, war gefährlich. Das Ängstliche," flüsterte

Simon, als Max ihm vorsichtig den Gürtel löste, „das Ängstliche in den Augen der Familie von Zimmer 14 hat mich zum Desperado gemacht. Sie hatten gleich begriffen, als sie das F im Nummernschild unseres alten Käfers sahen, dass wir Bombenbauer sein mussten."
Max biss sanft in die leuchtend weißen Shorts, bis er Simons Schwanz spürte.
-"Ich war elf oder zwölf, und ich fühlte mich wunderbar als Bombenbauer." Simon schloss die Augen und packte Max' Mähne.
-"In Frankfurt war ich nur ein Junge von der Straße, aber im Tessin war ich subversiv. Ich war Anarchist und Herzensbrecher."
Simon lachte leise, als Max seine Hose bis zu den Knien herunterzog und sich zurücklehnte. Nun saßen sie in den entferntesten Winkeln des engen Abteils, lauschten auf das Rattern der Räder und ertasteten mit den Augen ihre nackte Haut.
-"Herzensbrecher", sagte Max. Er stand auf, stellte sich vor Simon und suchte mit beiden Händen Halt im Gepäcknetz. Der schmale Spiegel in Augenhöhe zeigte ihm leicht geöffnete Lippen und forschende Augen.
-"Bombenbauer", sagte er. Seine Schwanzspitze berührte eine rauhe Zunge und wurde im nächsten Moment von weichen Lippen umschlossen. Das Gesicht im Spiegel stöhnte, das Abteil neigte sich leicht und auf dem Gang kam eine leere Flasche ins Rollen. Dann war Simon hinter ihm und presste sich an seinen Rücken. Als Max die pralle Hitze spürte, die sich in ihn drängte, tauchten die blauen Augen im Spiegel vor ihm ins Dunkel ab. Das Rattern verlangsamte sich und das Abteil kam mit einem kurzen Ruck zum Stehen. Draußen war es schwarz. Max drehte sich um und streckte seinem Freund die Zunge raus. Sie lachten und Simon wandte sich zum Fenster, um die kühle Nacht hereinzulassen. Knirschend gab es

nach. Er lehnte sich nach draußen und sah das schwache Licht aus den Nachbarabteilen auf dem Schotter und das Funkeln der zwei Stahlschienen des anderen Gleises. Auf seinen Hüften lagen Max' Hände und gleich darauf fühlte er atemlos den wilden Rhythmus, der in ihn stieß. Er griff nach seinem Schwanz, hörte Max` Keuchen hinter sich und spürte die Drogen, die in seinem Hirn detonierten. Mit durchdringendem Pfeifen, wie der Schrei eines bedrohten Schwans, dachte Max, war die Stille vorbei. Die Luft presste sich durch das offene Fenster ins Abteil und die zerrissenen Schemen des entgegenkommenden Zuges flirrten herüber. Dann entfernte sich das Rattern und ihr Abteil setzte sich wieder in Bewegung.

Verona um fünf Uhr morgens spendete wenig Trost. Max fror, als sie sein Gepäck durch die Unterführung zum nächsten Bahnsteig schleppten. Er wollte ankommen. Bologna war für ihn nur ein Wort. Aber er wollte hin und von Simons Balkon aus auf die Welt sehen.

Trauerfälle

Für die Eingeweihten war das Rathaus von Kretingen ein Mahnmal der Korruption, denn Korruption hatte sein Äußeres entstellt. Einige Jahre lag die Nacht zurück, in der der Dachstuhl des alten Hauses in Flammen stand und die Zinnen und Fialtürmchen auf die König-Ludwig-Straße hinunterstürzten. Um einige Akten zu vernichten, hatten Stadträte beherzt das alte Gemäuer angezündet. Und tatsächlich war es gelungen, die lästigen Ordner zusammen mit den wichtigsten historischen Dokumenten der Stadt, den trockenen Dachbalken und Dielenböden auszulöschen. Aber leider war man den Aktenvernichtern auf die Schliche gekommen und hatte zumindest einen von ihnen eingesperrt. Korruption war hierzulande eine Sache, ein Delikt der Kavaliere, über das man schon mal hinwegsah; im Rathaus Feuer zu legen, war jedoch eine andere, und die rüttelte an den Grundfesten der Autorität. Damit trieb man keine Späße, denn das hatte den Beigeschmack von Anarchie.
Aber dies Kapitel Kretinger Geschichte, oder besser: Geschichtsvernichtung, lag vor der Zeit von Oberbür-germeister Rinz und nur das neugestaltete, schlichte Dach des Rathauses verriet, dass hier etwas vorgefallen war, über das man gern den Mantel des stillen Hohns breitete. Draußen vor dem Gebäude war Markttag, und Rinz nickte freundlich hinunter zu seiner Einwohnerschaft, die mit Kohlköpfen hantierte und tote Hühner in Körben verstaute. Sie sahen ihn nicht, aber er stand dennoch dort oben und wachte über sie. Sein Arbeitsplatz war licht-durchflutet und geschmacksfingiert; ein paar bunte Bilder, die er im Auftrag der Stadt beim Künstlerstammtisch erworben hatte, zierten die Wände. Der lange, polierte Arbeitstisch glänzte in der Sonne und der flauschige Teppich lud direkt ein zu einem lockeren, volksna-

hen Zusammentreffen mit einer Grundschulklasse, die neugierig darauf war, wie das funktionierte mit dem Regieren und der Macht.
Was für ein düsteres Gemach war das noch zu Zeiten seines Vorgängers gewesen. Er, Rinz, hatte hier gründ-lich entrümpelt, und dieser Raum sollte Symbol für den Umbruch in Kretingen sein. Nun ging seine erste Amts-zeit dem Ende entgegen, und nichts in Kretingen hatte sich so sehr verändert, wie dieses Büro. Aber Rinz war dennoch guter Dinge, ließ sich in den dunkelblauen Ledersessel an seinem Schreibtisch fallen und ver-schränkte die Arme hinter dem Kopf. Er war der Siegertyp, der Bescheid wusste über Manipulation und Willkür, Mittelmaß und Wahn. Sogar das Museum, dachte er, hat seine guten Seiten. Eine ansehnliche Sammlung klassischer Meister würde er bald der Öffentlichkeit präsentieren. Mitten im Wahlkampf hatte er Künstler an seiner Seite, die noch willig und fähig waren, das Schöne wiederzugeben.
Früher war Kunst etwas Schöpferisches gewesen, etwas Positives und Produktives. Kunst war Fortschritt. Früher. Die meisten, dachte Rinz, die sich heute Künstler nannten, wollten nur noch zerstören. Sie hassten das Bestehende, sie hassten alles, und mehr als alles hassten sie sich selbst. Wie gut, dass Kretingen diese Abnormitäten erspart blieben, dachte er. Das Museum würde die Sammlung von Franz Blader beherbergen, und allein der Name BLADER bürgte für Qualität, für Produktion und Fortschritt.
Rinz war gleichfalls Sammler, wenn auch auf ganz anderem Gebiet. Fünf Jahre zurück, da hatte man ihm zum Namenstag ein Witzbuch geschenkt. Die dreihundert besten *Politikerwitze*, und das war der Anfang gewesen. Inzwischen nannte er von den eintausenddreiundneunzig Witzbüchern, die seit dem Krieg in Deutschland erschienen waren, immerhin

zweihundertzweiundfünfzig sein eigen, und er war guter Hoffnung, seine Sammlung bis zur Pensionierung in dreiundzwanzig Jahren im Wesentlichen komplettieren zu können.
Rinz sah hinunter auf das Marktgeschehen und rückte seine Krawatte zurecht, als wollte er gleich hinaustreten auf den Balkon, um einige Worte an die Bürger seiner Stadt zu richten.

Unweit der König-Ludwig-Straße ging unterdessen ein Leben zu Ende. Die Kunst verlor ihren Sammler, die Stadt Kretingen einen ihrer reichsten Bürger. Franz Blader in seinem seidenen Morgenmantel war tot, und tot war mit ihm sein Handschlag, seine Erinnerung und seine Moral. Lange schon wurde er nicht mehr in der Öffentlichkeit gesehen, und auch er selbst hatte im Sarkasmus seiner letzten Monate verkündet, er werde das Haus erst wieder in einer bequemen Kiste verlassen. Man schloss den Sarg über seinen gelösten Zügen, den ineinander verkeilten Fingern und der Nase, die wie ein Bovist in die Luft ragte und schaffte ihn auf den Kirchhof. Zur Trauerfeier kam Ganzkretingen, oder vielmehr das, was man gemeinhin als Ganzkretingen bezeichnete: die *Personen von Gewicht*, die oberen Einhundertsechsundzwanzig. Sie standen in Beerdigungswetter vor der Trauerhalle, die von vier Sargträgern in glänzenden schwarzen Plastikmänteln flankiert wurde. Die Witwe fand sich ein und die Familie ihres Schwagers. Joseph Blader hatte seine Joggingkluft gegen einen dunklen Anzug getauscht und Alwine sogar einen Hut mit schwarzem Schleier hervorgekramt, der selbst an ihr altmodisch wirkte und die tränenlosen Augen überschattete. Sie waren den kurzen Weg von ihrem Anwesen zu Fuß herüber geschlichen. Zwischen ihnen, genauer, einen halben Schritt dahinter, war ein dunkelgrauer Fleck auszumachen, dessen Konturen sich zu verflüchtigen schienen: eine der beiden Töchter von Joseph und Alwine, die einen großen Regenschirm über ihre Eltern spannte. Manfred kam als Letzter, als der Pfarrer bereits mit seiner Würdigung eines bedeutenden Mannes begonnen hatte. Er trug eine dunkle Brille, hinter der er sich, wie ein scheuer Filmstar, vor den Kretingern zu verstecken gedachte. Aber er konnte ihnen nicht entrinnen, sie lauerten auf Joseph und auf ihn, und sie wurden nicht enttäuscht.

Manfred geriet für einen Moment aus der Fassung, als sein Vater, nachdem die Orgel verstummt war, auf ihn zutrat und ihm die Pranke entgegenstreckte, die ihn schon als Kind gezüchtigt hatte. In einer Sekunde brach die Erinnerung über ihn herein, und doch zog Manfred seine Hand aus der Manteltasche und ergriff die aufgedunsenen Finger des alten Mannes, die so müde und traurig aussahen. Es kam zu einem Handschlag, auf den Kretingen zu warten schien. Schon deshalb hätte Manfred gern auf diese Geste verzichtet. Aber vor allen hätte er sich ins Unrecht gesetzt, und das wagte nicht einmal er, der inzwischen mächtigste Mann der Stadt. Hätte er die ausgestreckte Hand seines Vaters nicht ergriffen, er hätte sich selbst auf ewig als der verlorene Sohn gebrandmarkt. *Du sollst deine Eltern ehren*, welches Gebot war das noch? Manfred hatte es vergessen. *Ehre deinen Vater und deine Mutter, auf dass Du lange lebest und es dir wohl ergehe in dem Lande, das der Herr, dein Gott, dir geben will.* Die Stille war vollkommen, keiner wagte sich von der Stelle, bis Joseph Blader das Zeichen zum Aufbruch gab und seine Tochter ihm mit dem Schirm den Kiesweg zum Parkplatz hinunter folgte. Ein Händedruck nach zehn Jahren Stille, und schon wogte das Gerücht von Versöhnung.

Als man am folgenden Tag das Testament eröffnete, verstummten selbst die Gerüchte. Eine Testamentseröffnung war für gewöhnlich ein Schlachtfest, bei dem alle Anwesenden gierig darauf lauerten, den materiellen Nachlass auseinander zu reissen, zu zerfetzen, wie Hyänen den Kadaver des Toten zerfetzt hätten. Das hatte der Notar oft miterlebt. Ein würdiges Andenken, das die Angehörigen wahren wollten, indem sie blindwütig raffend alles zerstörten, was der Verstorbene ein Leben lang zusammengefügt hatte. Es gehe nur um die liebende Erinnerung, hieß es dann mit tränenerstickten Stimmen, und dafür brauche man das Rosenthalservice, die Erstausgaben, den Schmuck, die dann nach Jahresfrist, umgewandelt in einige Lagen neuer Kloklinker, den Sockel des Eigenheims der Erben umspannten.
Doch diesmal war es ein wenig anders. Manfred und Joseph Blader hatten in der Anwaltskanzlei Platz genommen, wortlos und siegessicher. Die Gattin des Toten fingerte nervös an ihrem Haarnetz, das die Reste blauer Dauerwelle zusammenhielt. Der Alte lächelte herablassend und wandte sich zum Notar, der hereintrat, in die Runde blickte, sich räusperte und schnell und undeutlich zu sprechen begann. Manfred ließ seinen Vater nicht aus den Augen. Jede Runzel versuchte er sich einzuprägen, denn dieses könnte einer der schönsten Augenblicke seines Lebens werden, ein Augenblick, von dem er lange noch zehren würde. Seine Hände waren feucht und er presste sie auf seine Schenkel, als wollte er jeden Moment aufspringen.
In seiner großen, fahrigen Handschrift hatte der Verstorbene wie mit schwindender Kraft und schräg übers Papier seinen letzten Willen ergossen. Das war das Testament und es war unmissverständlich. Sein Haus und die Kunstsammlung, so stand dort zu lesen,

sollte sein Neffe Manfred erben und sonst keiner.
Manfred lehnte sich zurück und alle Anspannung viel von ihm ab. Joseph Blader brauchte einen Augenblick, um zu verstehen, was gerade passierte. Die Worte waren zu ihm gedrungen, ohne dass er ihre Bedeutung sofort erfasst hätte. Manfred genoss den Anblick, wie sich nun langsam die Hände des Alten zu Fäusten ballten, wie er seinen Stuhl zurückstieß und aus dem Raum stürmte. Niemand folgte, um ihn aufzuhalten.

Als Oberbürgermeister Rinz nach Einbruch der Dunkelheit im Parkhaus zu ihm trat, hatte Ludwig Mayr sein Heimatmuseum gerade verriegelt und war dabei, einen dunklen Anzug und einen Kinderwagen in seinem Ford zu verstauen. Er war ruhig wie immer, vielleicht ein wenig blasser als sonst, denn auch er hatte es als Blamage empfunden, was Blader und mit ihm der frisch gekürte Museumsvorstand, dem sie alle angehörten, einstecken mussten.
-"Von manchem wird man unangenehm überrascht," hörte er hinter sich das Organ des Oberbürgermeisters, „jetzt muss es um Schadensbegrenzung gehen, finden Sie nicht?"
Mayr schreckte hoch und schlug mit dem Hinterkopf an die offenstehende Heckklappe. Der Schmerz machte ihm das Sprottengesicht noch unerträglicher, auf das er jetzt herabblickte. Seine Gesichtshaut spannte sich über dem Ekel, den er empfand.
-"Wir beide bekommen das schon hin, nicht, Herr Dr. Mayr?!"
Überall hatte Rinz seine Fischaugen, und diesen Fischaugen und dem, was sie alles schon gesehen hatten, verdankte er, ein gescheiterter Bundeswehrarzt, auch seinen Posten als Stadtoberhaupt. Nicht dass die-

ser Posten besonders begehrt gewesen wäre - Gegenkandidaten musste man nötigen, überhaupt anzutreten, um den demokratischen Schein zu wahren - aber das Amt verlieh doch eine gewisse Würde, wenn auch in den engen Grenzen einer Gemeinde, von der schon in München keiner mehr wusste, wo genau auf der Landkarte sie zu suchen war.
Die Fischaugen fixierten Dr. Mayr, bevor sie sich in der Nacht verloren. Wie eine verzögerte Entgegnung auf die Fragen, die Rinz gestellt hatte ohne eine Antwort zu erwarten, griff Dr. Mayr nach seinen Zigaretten und blies zwei dünne Rauchringe in die Richtung, in die der Oberbürgermeister verschwunden war. Ein armer Mann, dachte Dr. Mayr, hätte man ihm regelmäßig die Windeln gewechselt und ihm eine glückliche Kindheit geschenkt, müsste er heute keine Witzbücher sammeln.

Zwei Polizisten sicherten den Tatort. Am Ort, an dem etwas sein sollte, war nun nichts mehr. Dort war etwas gewesen, was nun nicht mehr da war. Nicht auszudenken, was das bedeuten konnte. Die beiden Polizisten sicherten eine leere Stelle in der Trauerhalle der Gemeinde, denn hier hatte zwei Tage zuvor noch die Urne Franz Bladers gestanden, die nun ganz offiziell als entführt gelten durfte. Sie war, betrachtete man die Angelegenheit ganz nüchtern, kurzerhand verschwunden. Wenn es darauf ankam, hatte, das schien fast natürlich, niemand nie etwas gesehen in dieser Stadt. Der kleine Marmorsockel war am Morgen vom Friedhofspersonal verwaist vorgefunden worden, und nun sollte die Fahndung nach dem Blechtopf beginnen. Die Friedhofsverwaltung war noch nicht zugegen, die Sekretärin, die sonst bereits ab sieben in der Früh für Auskünfte bereitstand, war im Urlaub und auch die

Putzfrau hatte nichts bemerkt. Ratlos blitzte die Kamera den polierten Stein. Eine solche Tat forderte von den Polizisten ganz neue Dimensionen der Überlegung. Schon die Presseerklärung würde von ihnen eine Definition der Tat verlangen, eine Festlegung, ob es sich um Entführung oder um Diebstahl handelte. Wichtig war auch zu klären, ob dieses Verschwinden in Tateinheit mit Grabschändung vonstatten gegangen war, wann der Tatbestand der Grabschändung erfüllt wäre - bei der Ruhestörung der Asche durch Verrücken oder erst bei der unautorisierten Verstreuung des Toten - und was für ein Motiv hinter dem skandalösen Akt der Pietätlosigkeit stünde. Fragen über Fragen, die unkonventionelle Überlegungen forderten. Zunächst hatte man sich an den Neffen gewandt, der den Ordnungshütern als Erbe des Toten der geeignete Ansprechpartner erschien, erst dann befragte man Joseph Blader. Beide jedoch konnten keine Erklärung geben, und so erschien am nächsten Tag eine dezente Suchanzeige im Lokalblatt. Für sachdienliche Hinweise wünsche man sich aufmerksame Zeugen. Die Sache blieb noch unter Verschluss, sie unterlag der Geheimhaltung, und die Presse wurde um Zurückhaltung gebeten.

Richtfest

Ein sonniger Morgen. Die gute Luft der Berge blies mild und erfrischend durch die Gassen, auf der Wildach tummelte sich eine Entenfamilie und einige Bierbänke waren vor der größten Baustelle der Altstadt aufgestellt worden. Das Museum feierte Richtfest, die Handwerker nahmen Platz, um den Worten des Architekten zu lauschen, hoben ihre Maßkrüge und tranken auf das Bauwerk, das auch ihnen Kultur bringen sollte. Aber es lag ein Schatten über dem Ereignis, denn nun gab es die Kunst nicht mehr, die man dort hätte zeigen wollen.
Das war nicht ganz korrekt, denn die Kunst existierte durchaus noch, lagerte jedoch ab sofort im Keller von Manfred Bladers Anwesen, ohne dass überhaupt jemand gewusst hätte, woraus die berühmte Sammlung, die sein Onkel zusammengetragen hatte, bestand, denn für Kunst hatte sich bislang keiner interessiert, und nun waren die Meisterwerke der klassischen Moderne für mindestens eine Generation im Verschlag hinter dem Eingemachten verschwunden. Keiner konnte sich vorstellen, dass in den nächsten dreißig Jahren eines der Werke im Kretinger Museum seinen Platz finden könnte.
Mitten in Kretingen glänzte nun aber ein Bau, der über Nacht Sinn und Zweck verloren hatte. Den Arbeitern, die nun ihr Richtfest feierten, war das allerdings gleichgültig. Doch Nöte und Tugenden pflegen auch im Orgau die seltsamsten Umgangsformen, und so trafen sich die Verantwortlichen noch am selben Abend zu einer Krisensitzung. Das tollkühne Unternehmen war gefährdet. Der Gewaltakt Joseph Bladers geriet ins Wanken und schien eine alte Orgauer Weisheit zu bestätigen: Nur wenn man etwas versucht, kann man auch richtig scheitern. Soweit war man sich einig, auch wenn niemand wagte, diesen Umstand auszusprechen. Der Schatten,

der schon auf das Richtfest fiel, war zu später Stunde noch länger geworden.
Leeringers Augen lagen in tiefen Höhlen und seine betonfarbene Haut wirkte durchscheinend wie Pergament. Rinz widerte der weiche, feuchte und unvermeidbare Händedruck des Architekten an, und er wischte sich die Handflächen unauffällig an der Tischdecke ab. Die Kellnerin brachte ein Helles für Dr. Mayr, der die goldene Flüssigkeit in das hohe Glas rinnen ließ und plötzlich an einen Golfplatz in der Wüste denken musste. Weite, heiße Dünen und mittendrin ein großer, grüner Rasen, auf dem einige weiße Wesen, vielleicht waren es Ärzte, die ihre Kittel noch nicht abgelegt hatten, kleine Bälle schlugen, als sei das das Selbstverständlichste auf der Welt. Der Golfplatz metaphorisch für den perversen Triumph des Menschen über die Natur, dachte Mayr. So was in dieser Art war auch das Museum in Kretingen. Ein Golfplatz in der Wüste, ein Kunsttempel im Orgau, der perverse Triumph der Kultur über die Provinz. Ein überflüssiger Luxus. Das goldene Bier rann aus der Flasche in das schlanke Glas, aus dem Glas in Dr. Mayrs Kehle, und in diesem Augenblick fühlte er sich ganz leicht. Die Stimmen um ihn waren plötzlich gedämpft und die Anwesenden hätten später beschwören können, dass in dieser Minute ein Leuchten von ihm ausging.
Während das kühle Bier seine Kehle befeuchtete, kam ihm der erlösende Gedanke. Dr. Mayr setzte sein Glas auf den Tisch, strich sich mit dem Handrücken über den Mund und sprach. Alle blickten fasziniert auf den Mann mit den gelben Fingern, aus dessen Mund sonst nur Zigarettengeruch strömte, und Dr. Mayr öffnete die Lippen. Worte drangen in die Runde.
-"Wir holen die Kunst in die Wüste. Ich meine, wir holen Kunst aus der Wüste zu uns, Wüstenkunst. Aus Ägypten oder. - Es muss ja nicht aus der Wüste kommen.

Irgendwelche Kunst eben, aus dem Louvre. Vielleicht. München hat auch viel Kunst. Auch Augsburg, Sie wissen, die Fugger und... Man könnte auch, verstehen Sie, Modernes zeigen. Was halten Sie davon. Außer Heimatkunst gibt's nun mal nur Kunst von draußen. Und Heimatkunst, dafür gibt's ja schon ein Museum."
Keiner konnte sich erinnern, Dr. Mayr je so viele Worte sprechen gehört zu haben. Selbst die Stimme, so meinte Leeringer, war ihm fremd und doch brachte sie die Erlösung.
Wie einfach die Welt sein konnte. Erst noch spähten die Herren vorsichtig nach links und rechts, dann, als sich kein lauter Widerspruch rührte und auch Blader nickte, bekräftigte man den Vorschlag. Zunächst ruhig, dann vernehmlich und schließlich fast ausgelassen. Kurzerhand wurde aus dem Museum eine Kunsthalle. Die Kunst der Welt würde zu Gast sein in Kretingen.
-"Seien wir doch ehrlich, ein wenig Abwechslung tut auch der Kunst gut. Immer wieder neue Attraktionen, das ist doch das viel bessere Konzept für Kretingen," ergriff Rinz das Wort. Wie immer traf er damit ins Schwarze. Was jetzt fehlte, war nur noch ein Direktor.

Das kommt in den besten Familien vor

Kaum in den italienischen Vorortszug gestiegen, überfiel Simon von Sturm ein dumpfer Halbschlaf. Die letzte Nacht war schlaflos, laut und wild gewesen. Die staubigen Vorstädte schleppten sich vorbei und Simon fuhr ins Zentrum, wo die Dämmerung sich schon über die Piazza Maggiore legte. Die Stufen vor der Kathedrale waren noch warm, Paare plauderten gedämpft, und gleich würde Max kommen, um ihn abzuholen. Noch nie war ihm das Elegische dieser Stadt so gegenwärtig gewesen. In Samt gehüllt vollzog sich das Dasein in Bars, Betten, Kaufhäusern. Nichts drang tiefer ein als diese warme südliche Luft, die die Geräusche herantrug und die Gerüche aus den Hinterhöfen. Aber Max ließ auf sich warten. Im nahen Café ergoss sich ein Campari über ein Damenkostüm, Kellner eilten, und ein Teenie-Magazin raschelte in einem Windstoß vorüber.
Es war die hohe Zeit der Boygroups. Aus dem nahen Ghettoblaster drang ihr seichter Pop, und Simon fragte sich, ob ihm diese Sache mit dem Kindersex früher einfach nicht so aufgefallen war. Ständig quoll eine Schlagzeile oder ein trockener Nachrichtensprecher zu ihm und erzählte von Pornographie, Vergewaltigung und Mord. Die Kleinen als Opfer.
Aus dem Schaufenster eines Ladens, der gebrauchte Fernsehgeräte anbot, flimmerten geschminkte Kinder auf die Straße heraus, sie hüpften und sangen in prälibidinösem Liebesschmerz; trällerten *everlasting love* und *hold you tight* und *never leave you*. Da reichte es nicht, den Ton wegzudrehen, da musste man zu härteren Mitteln greifen. Max fand das lustig, aber er schien sie zu unterschätzen, denn sie kannten kein Erbarmen - er schwärmte noch immer von *No Mercy*, den Kitschpummeln aus Miami - und sie würden der

Menschheit die Lust an der Musik austreiben, wie sie der Musik bereits die Erotik ausgetrieben hatten.
Endlich lachte Max über den Platz. Gemeinsam mit ihm würde Simon auch diese Stadt verlassen und in die bayrische Provinz ziehen. Das schöne, schwere Bologna verlassen. Keine Frage, es war sehr lustig, sich dort in Bayern wohnen zu sehen. Ganz sicher. Und das Bewerbungsgespräch vor fünf Tagen hatte Simon erheitert. Aber wie lange wäre das lustig? Drei Monate - oder konnte das Orgau wirklich drei Jahre lustig sein? Max war übermütig, er wollte nur Zürich vergessen, seine Niederlage in der Gefolgschaft der Außerirdischen. Genau wusste er nicht, was er tat. Aber er fand es lustig, das mit Kretingen. Eine willkommene Abwechslung. Zwei Jahre war er über die Musicalbühnen Europas getingelt, als Gabel in *Die Schöne und das Biest*, als Pilot in *Miss Saigon* oder als Wasserspeier im *Glöckner von Notre Dame*. Monat für Monat, sechs Tage die Woche, bis zum Ende in Zürich. Mit Simon würde er nach Kretingen gehen. Einen neuen Anfang machen mit diesem seltsamen Typen, den er vor ein paar Wochen inmitten des Schweizer Alptraums kennengelernt hatte, und der auf dem Weg war, sich zur Liebe seines Lebens zu entwickeln. Max strahlte und war schon wieder bei den Boys: Hatte man zusammen genug Kohle gemacht und sich dann so richtig zerfleischt, versuchte man es noch mal mit einer Solokarriere. Eben noch vereint auf den Bühnen der Welt, fand man sich alleine plötzlich auf einer Tournee im Orgau wieder. Gestern noch bei *Take That*, heute in der Mehrzweckhalle in Kretingen. Das war eine Geste des Bedauerns wert.
Aber Simon und Max würden auch dort sein. Sie würden sogar dort wohnen. Und das einzige, was sie tröstete, war die Tatsache, dass Simon hier seine Karriere vielleicht begann, während der Burschi von der Boygroup

seine dort beendete. Aber konnte im Orgau eine Karriere überhaupt beginnen?
Simon nahm Max in den Arm, und gemeinsam schlenderten sie über die Piazza Maggiore. Die letzten Tage in Bologna würde er sich besonders einprägen. Noch einmal traten sie in die verschlafene Kirche, in der ganz hinten, in einer staubigen Chorkapelle, diese beiden seltsamen Bilder hingen. Der *Triumph des Ruhms* und der *Triumph des Todes*. Max waren diese braunen Leinwände, die sein Freund so bewunderte, unheimlich. Auf Streitwagen, umgeben von illustrem Gefolge, zogen Ruhm und Tod in die Schlacht, und man konnte sich ausmalen, wer den Sieg davontragen würde.

Ansprechend, adlig, ambitioniert. Ein junger, dynamischer Macher. Der Vorstand gratulierte sich zu seiner Wahl. Eine Wohnung aus dem Blader-Kontingent stand für den neuen Direktor auch schon bereit, ein anständiges Auto würde der Alte für ihn besorgen, alles weitere ergäbe sich wie von selbst.
Das Vorstellungsgespräch, dachte Sturm, als er zu seinem Appartement hinaufstieg, war wirklich ganz nach seinem Geschmack gewesen. Er hatte nur freundlich lächeln müssen und etwas von Ganghofer faseln, ein wenig zeitgenössische Tendenzen und ein paar ernste Worte zu Besucherstrukturen, zum Auktionswesen und zur effektiven Behandlung potenzieller Sponsoren. Das hatte gereicht. Keine dieser schwachsinnigen Psychofragen, mit denen die Arbeitgeber sonst ihre globale Phantasielosigkeit unter Beweis stellten. Nichts von *Wann waren Sie das letzte Mal stolz auf sich?*, und kein *Wenn Sie sich selbst beschreiben müssten, welche Eigenschaften würden Sie besonders erwähnen?* Bei solchen Gesprächen war Sturms Lächeln stets mitleidig

geworden. Und dieses mitleidige Lächeln gehörte nicht zu seinen sympathischen Zügen. Aber diesmal war alles glatt gelaufen, er hatte sie im Sack, die Provinzler. Jetzt musste er sich nur noch abgewöhnen, ihnen gegenüber von Provinz zu sprechen.

Es war kein Geheimnis, dass sich Blader nach einem neuen Sohn umsah, und bei Simon von Sturm hatte er gleich grünes Licht von Alwine bekommen. Dem Jungen war es gelungen, die alte Dame für sich einzunehmen. Davor zog selbst Leeringer den Hut, obwohl es ihm nicht entgangen sein konnte, dass Sturm ihm bereits mit seinem ersten Auftritt im Hause des Alten seine Stellung als Ziehsohn streitig gemacht hatte. Das Odium des ewigen Angestellten vermochte Leeringer einfach nicht abzulegen, und die vielen langen Abende im Hause Blader hatten den Greis in seiner Gönnermiene eher noch bestärkt.

Mit wohligem Schauder erinnerte sich Leeringer nur einer einzigen Nacht, als ihm Blader unter Tränen das Geheimnis seines Abgangs aus der Firma anvertrauen wollte. Jeder hatte sich damals gefragt, wie es Manfred Blader gelungen war, die Macht im Unternehmen an sich zu bringen; die jedoch, die es wissen mussten, schwiegen aus gutem Grund. An jenem Abend aber hatte der Alte in seinem erhöhten Sessel gehangen, bereit sich auszuliefern, Bericht zu geben von seinem Versagen. Und ihn, Leeringer, hatte eine innere Spannung erfasst, wie er sie bis zu diesem Augenblick noch nicht gekannt hatte. Aufgewühlt fühlte er sich angesichts der Tränen. Es war spät geworden, und die zwei nun leeren Flaschen Grauburgunder hatten auch bei ihm ihre Wirkung nicht verfehlt. Seine feuchten Hände signalisierten, dass trotz des Alkohols auch sein Körper diesem fatalen Augenblick entgegenfieberte. „Lass uns allein, bittschön," hatte Blader seine Alwine angeherrscht, und Alwine erhob sich lächelnd, um leise die Tür hinter sich zuzuziehen.

Geräuschloses Türen-hinter-sich-zuziehen war eines ihrer Talente.
Leeringer hatte auf den Couchtisch gestarrt. Sollte er als einziger Unbeteiligter durch die Wahrheit ausgezeichnet werden, wäre er mit diesem neuen Wissen endlich zum Vertrauten dieses röchelnden Greises zwischen Sentiment und Rücksichtslosigkeit aufgestiegen, oder würde ihn Joseph Blader für diesen Moment der Schwäche auf ewig hassen. Noch immer wusste Leeringer nicht, ob er in dieser Nacht nicht sein Glück verspielt hatte. Er räusperte sich und unterbrach den Alten, hielt ihn davon ab, weiterzusprechen. In dieser Sekunde baute er auf die Dankbarkeit, die er sich für seine Weigerung, Zeuge der letzten Selbsterniedrigung seines ehemaligen Chefs zu werden, erhoffte. In ehrlichen Augenblicken musste Leeringer sich eingestehen, dass ihm der Mut gefehlt hatte, die Folgen der Offenbarung auf sich zu nehmen. Dann erkannte er auch, dass ihn genau diese Unverbindlichkeit immer an das Mittelmaß fesseln würde.

Aus seiner Dachwohnung sah Simon auf die putzigen Giebel der Altstadt. Er räkelte sich auf dem Sofa und betrachtete seine großen, schlanken, braungebrannten Hände, mit denen er die Sache anpacken wollte. Bei anderen hätte er die Selbstzufriedenheit zum Kotzen gefunden, die er empfand, aber an sich selbst gefiel sie ihm. Es herrschte beste Laune. Er hatte einen guten Job, einen wunderbaren Freund, eine mondäne Wohnung und ein einnehmendes Lächeln, an dem er noch arbeitete und das er mit einer Spezialzahncreme noch weißer zu färben gedachte. Er war etwas Besonderes, und nicht allein deshalb, weil er am Ende eines jahrhundertealten Stammbaums stand. Nicht irgendwo mittendrin, zwi-

schen Vorfahren und Nachkommen, nein, er war verzeichnet als letzte Spitze eines absterbenden Astes. Auf seinen Namen würden die Blicke der Ahnenforscher fallen. Mit gerunzelter Stirn würden sie dekadenten Unwillen oder Unfähigkeit zur Fortpflanzung konstatieren, und im *Genealogischen Handbuch des Adels* würde es von seiner Familie heißen: im Mannesstamme erloschen.
Zur Einstimmung auf die neue Heimat hatte Sturm die paar Schritte zur örtlichen Buchhandlung gemacht, seinen Antrittsbesuch absolviert und die richtige Lektüre besorgt. Ganghofer.
Faul hing er in den Kissen und blätterte im *Waldrausch*. Wie so oft, wenn er zu nichts wirklich Lust hatte, ließ er sich von Buchfragmenten beflügeln, las irgendwo ein paar Zeilen und gab ihnen Platz, in seinem Hirn weiter zu geistern.
Wo war nur der irrgeflogene Liebeswahnsinn der Wälder? Kein Stäubchen mehr in den Lüften, in denen nur fallendes Wasser war. Die rote Schönheit der Waldrauschzeit war schwimmender Schmutz auf tausend Pfützen geworden. In den Wäldern hatte von dieser verschwenderisch brennenden Liebe nur ein winziger Teil das Ziel, den harrenden Schoß der weiblichen Blüte, gefunden. Dennoch war dieses Winzige ein Ungeheures. Millionen von sprossenden Keimen waren befruchtet und zum Leben erweckt; die jungen Seelen von kommenden Wäldern, die wieder grünen, blühen und versinken werden.
Die Kirchenglocken riefen zum sonntäglichen Hochamt...
Simon schloss die Augen. Wo war er gelandet? Was waren das für Menschen inmitten sprossender Keime, harrender Schöße, irrgeflogenen Liebeswahns?
Wenn er etwas bewunderte, dann war es der Übermut, in dieser kulturfreien Zone ein Museum zu bauen. Was

Blader da plante, gefiel ihm, es erschien ihm verwegen und frech, ein Zeichen gegen das *bessere Wissen.* Er sah den Bau, die Begeisterung des Architekten, das Strahlen des Oberbürgermeisters, der ihm kraftvoll die Finger quetschte, ihm, dem Hoffnungsträger, der mit Geist und Witz und freier Hand den Aufschwung bringen würde in ein Entwicklungsgebiet.
Mit einem Griff hatte Sturm die Fernbedienung aus der Sofaritze gefischt. Auf dem Breitwandbildschirm leuchteten die Nachrichten auf. Seit er in Kretingen war, löste die Abwesenheit jeder Form von Leben, die er empfand, einen Hunger nach Neuigkeiten in ihm aus, den er an sich noch nicht gekannt hatte. Krieg und Katastrophen bewiesen, dass das Leben draußen weiterging, und während er auf den Fernseher sah, erschien ihm der Enthusiasmus von Rinz und Leeringer, die hier vor Ort einen Aufbruch simulierten, rührend, wie die kindlich aufflackernde Begeisterung von Forschern einer Marsexpedition, die für einen Moment Wasser entdeckt zu haben glauben, oder die Versteinerung einer Flechtenart. Solange der Fernseher abgeschaltet war, spiegelte Sturm sich in der Mattscheibe, auf dem Sofa liegend, als Anwesender in einer abseitigen Region. Es war daher angenehmer, die Fernbedienung zu nehmen und die Ferne aufleuchten zu lassen. Hunger, Krieg, Katastrophen und eine Talkshow zum Thema *Du bist eine Frau - sei gefälligst treu!*, in der sich fünf Kandidaten über die normativen Insinuationen der Monogamie austauschten, indem sie sich gegenseitig als Spießer, Wichser und Fotzen titulierten. Auf dem andern Kanal ein krebskrankes Kind, ein Kochstudio, ein Attentat. Alles gleich wichtig, alles gleich gültig. Aber unter all dem Gleichgültigen war eines noch bedeutungsloser: Kultur spielte tatsächlich keine wirkliche Rolle im wirklichen Leben, Kultur war überflüssig, ein überflüssiger Luxus, luxuriöser Müll. Und

die Leute, die Kunst machten und präsentierten, brauchte folglich auch keiner wirklich. Simon schaltete ab. Er fühlte sich überflüssig, großartig überflüssig, ein Luxuswesen, exzellent. Kretingen war nicht die Welt, aber es ließ sich nicht von der Hand weisen, dass sich vieles, was hier vor sich ging, auch sonst irgendwo ereignen konnte. Natürlich hatte jede Trostlosigkeit eine lokale Note, aber dennoch war sie zunächst einmal trostlos, und dieses Es-wird-schon-schlecht-ausgehen-Gefühl konnte ebenfalls jeden, der ein guter Pessimist war, also eine realistische Einstellung zur Existenz hatte, stets und überall auf diesem Planeten befallen.

Gerade im Kleinen war dieses Gefühl ganz nah, und Kretingen war klein. Sturm war dort und das konnte nur bedeuten, er war nah dran, er war mitten drin im wirklichen Leben. Ein wenig unheimlich kam ihm das vor, aber er würde es schaffen, mit seinem Charme, der ihn zum Liebling jener Armee von Müttern gemacht hatte, die nach Gatten für ihre unverheirateten Töchter ausspähten. Er selbst war nicht die unbändige Ladung Begierde, aber, so brachte es eine jener Mütter auf den Punkt, er war eine Sünde wert. Mit seinem Charme würde er sich die Stadt erobern. Mit diesen Gedanken wachte er eines Morgens auf, langte nach seiner Jeans und ging hinüber in die geräumige Wohnküche. Max saß in der Wanne, lernte seine tägliche Spanischlektion und lästerte über die mortadelladrallen Stadträte.

¿Esperas a alguien? - Wartest Du auf jemanden? - Wann treffen wir uns? - ¿A qué hora nos encontramos?, murmelte er vor sich hin.

Als Simon ihn zum ersten Mal als Max sah, war er ein schöner Kater in der warmen Sonne auf einem Müllcontainer gewesen, jetzt klang seine Stimme hohl aus dem Badezimmer herüber.

-"Lass uns doch zur Eröffnung vom Museum noch eine

Misswahl veranstalten. Mit Kunst allein lockst Du doch keinen von diesen Schnarchern aus seiner Bauernstube," hörte ihn Simon rufen. „Wie wär's, ein bisschen nacktes Fleisch am Nachmittag. Für Miss Stimmung gibt's den goldenen Euter und für die netteste Miss Bildung die Schupfnudel auf Eichenlaub."
-"Und abends machen wir Männerstrip vor Mondrian."
-"Das klingt fein." Max reinigte sich grazil mit einem Schraubenzieher die Fußnägel und seine Zähne blitzten. Dann schloß er die Lippen und die hellblauen Augen um abzutauchen.
Als Simon sich auf dem Wannenrand mit einer Zeitung niederließ, um das Feuilleton zu suchen, das in diesen Regionen der Einfachheit halber Kultur hieß, traf ihn eine Handvoll Wasser ins Gesicht.
-"Olá! Qué tal?", flötete Max. Mit dem Finger fuhr Simon über die pelzigen Oberschenkel, die aus dem Wasser ragten und scheitelte die dichten blonden Härchen. Seine Hand glitt ins warme Wasser. Die Arme hinter dem Kopf verschränkt, sah Max zur blauen Deckenlampe hinauf. Das Licht stand in merkwürdigem Gegensatz zum Dampf, der den Raum erfüllte, und zu dieser Wärme, die seinen Körper durchströmte, die zu pulsieren begann, seinen Atem beschleunigte und alle Gedanken wegschwemmte.

Noch bevor Simon die Tageszeitung wieder aufgeschlagen und das erste Interview mit sich, dem neuen Museumsdirektor, ganz gelesen hatte, klingelte es an der Wohnungstür.
-"Herr Leeringer, was führt Sie denn zu mir?", hörte ihn Max aus dem Flur säuseln.
-"Sie haben ja noch kein Telefon und da dachte ich, ich muss doch kurz vorbeischaun. Verstehen Sie mich nicht falsch, aber Blader hat Ihr Interview gelesen und er bebt.

Ja, er bebt. Dass Ihnen Besucherzahlen weniger wichtig sind als gute Kunst, versteht er nicht. Dieser Satz mit dem *Qualität-vor-Quantität* macht ihm zu schaffen, verstehen Sie."
-"Glauben Sie, es wäre ihm andersrum lieber gewesen?"
-"Wie meinen Sie?"
-"Quantität vor Qualität, meine ich."
Ein kurzes Lächeln glitt über Leeringers graue Züge.
-"Verstehen Sie, wir sollten uns den Alten nicht verärgern." Und dann, noch während Sturm ihm in die blassen Augen schaute und nach einer Antwort suchte, erfror das Lächeln. Der Blick schweifte ab, verlor sich irgendwo im Raum und heftete sich dann auf die Tür, durch die Max, in seinen weinroten Bademantel aus Bologna gehüllt, hereingetreten war.
-"Andersrum wär's ihm vielleicht lieber gewesen...," die Worte, die durch Leeringers schmale Lippen drangen, verebbten.

Ladenschluss

Es war Samstagmittag und Leeringer saß in seinem Auto, die Straßen leerten sich, die letzten Geschäfte machten dicht, und er griff konsterniert zum Telefon, um den Mann anzurufen, der an allem Schuld war: das war der wichtige, der prominente Museumsdirektor in München, der Macher, der Liebling der Society. Der hatte doch das letzte Wort gehabt, der hatte diesen Simon von Sturm empfohlen. Der war es, der hätte es wissen müssen, der war der Verantwortliche für das, was folgen würde. Ihm hatte der Alte vertraut, und jetzt bekamen sie die Rechnung. Leeringer wählte und wurde tatsächlich von der Sekretärin durchgestellt.

-"Wir haben, wie soll ich sagen, einige Komplikationen hier," ließ sich Leeringer vernehmen. „Heute ist ein Interview mit Herrn von Sturm in unserer Zeitung, was einige Wellen geschlagen hat, ja, nicht - so ein Sturm im Wasserglas, ja, ganz genau. - Richtig. - Und, kann es sein, dass er, dass Herr von Sturm, dass er homosexuell ist? - - Ja? Das haben Sie sich auch kurz gefragt? - - Ja, verstehe. Die Frage hat Sie nicht weiter interessiert. - - Sie meinen, das kann passieren. - Ja, nein, nein, natürlich habe ich damit keine - Probleme, ich habe nur Bedenken, dass er so homosexuelle Kunst ausstellen wird, verstehen Sie? - - Ja. Natürlich. Kein Thema. Oh, ja. Gern, ich melde mich wieder ..." Leeringer legte auf und starrte auf die beiden am Spiegel baumelnden Plastikschlümpfe. Er hatte noch nie einen Homosexuellen kennengelernt. Davon war er überzeugt, und jetzt waren sie da, in Kretingen, und er musste sich mit diesen fremden Wesen herumschlagen. Er sah auf die Uhr im Armaturenbrett und beschloss, den einfachsten Weg zu gehen und die Sache zu ignorieren. Ignoranz hatte ihm oft schon weitergeholfen. Mit Ignoranz verschwendete

man keine unnötige Zeit und schonte die Nerven, dachte er. Das Wochenende ließe er sich nicht verderben. Zwei Flaschen *Söhnlein Billant* und ein ordentlicher Braten würden fürs Erste genügen, um die gute Stimmung wieder herzustellen.
Und während er den Motor anließ, dachte er zurück an seine Jugend, wo alles so einfach gewesen war, wo er sich halbstark im Kinofoyer rumgedrückt hatte, um Bräute anzugraben. Auch in den amerikanischen Filmen war alles so einfach gewesen, und, damit jeder gleich wusste, was Sache war, hatten die Homos diese tuntigen Synchronstimmen gehabt. Und an noch was erinnerte er sich genau. Die Homos waren immer die Witzfiguren gewesen, und wenn sie mal nicht Witzfiguren waren, dann hatte es kein gutes Ende mit ihnen genommen.

In der Lokalzeitung war am Morgen auch der Artikel über die verschwundene Urne erschienen. Das Ereignis wurde Stadtgespräch, und nun schien es an der Zeit, das öffentlich zu machen, worüber man sich seit Tagen austauschte. Die Fahndung war ergebnislos verlaufen und man hoffte nun auf Hinweise aus der Bevölkerung.
Unterdessen stand das Gefäß mit der Asche Franz Bladers in einer kleinen Nische gleich neben einem Telefon, das nun klingelte. Die Witwe Blader war am Apparat, jene inzwischen zerknitterte Krankenschwester, die vierundfünfzig Jahre mit Franz verheiratet war und nun auf Lebenszeit Wohnrecht in dessen Haus genoss. Ihr verstorbener Gatte hatte trotz Gütertrennung für sie gesorgt, und sie durfte bis zu ihrem Tod dort leben, wo sie bereits ein halbes Jahrhundert das gewesen war, was man unter Vorbehalt Hausherrin nennen konnte. Sie durfte schlafen, fernsehen, baden und lebenslang das Mobiliar abstauben, das ihr nicht mehr gehörte, das ihr,

wie ihr erst jetzt klar geworden war, nie gehört hatte und das testamentarisch nun ins Eigentum ihres Neffen Manfred hinüberglitt. Aber sie hatte sich in die Rolle ihres Lebens gefügt. Aufopferung lag ihr. Nun jedoch, alleingelassen von ihrem Mann, staute sich ihre Barmherzigkeit ausweglos. Es war nicht Liebe, es waren Triebe, die sie dazu gebracht hatten, ihr Leben der Fürsorge zu opfern. Nichts erfüllte sie mit mehr Hochachtung als ein leidendes Geschöpf, und Kretingen bot für jede Leidensform ein förderliches Ambiente.

Wie an jedem Morgen hatte die Witwe Blader den *Orgauer Volksfreund* gelesen und war auf jenen kleinen Artikel gestoßen, der das Verschwinden der Urne ihres Gatten betraf. Gleich griff sie zum Telefon, um ihrer Unruhe freien Lauf lassen zu können.

-„Hallo?“ Am anderen Ende meldete sich der Silberschmied aus Blonschlofen, den sie beauftragt hatte, das Aschengefäß mit einem ziselierten Silberreif zu schmücken, bevor es bei der geplanten Beisetzung in der kommenden Woche für immer in die Erde versenkt würde.

-„Hallo, hier spricht Frau Blader. Ist alles in Ordnung mit meinem Mann? Ich habe in der Zeitung gelesen, man hätte ihn gestohlen.“

Seit dem Tod ihres Gatten war Frau Blader aus dem Bewusstsein der Öffentlichkeit ausgelöscht; ohnehin waren Frauen im Orgau vor allem Wesen, denen man, als kleines Dankeschön für die Aufzucht des Nachwuchses, höflich die Tür aufhielt, aber nach dem Ableben ihrer Männer gerieten sie oftmals in völlige Vergessenheit. Niemand wäre auf den Gedanken gekommen, die Witwe Blader nach der Urne ihres Mannes zu fragen und die nächsten Verwandten taten das schon aus Rücksicht auf die alte Frau nicht. Sie aber wünschte sich ein würdiges Gefäß für die Überreste ihres

Gefährten und von der Sekretärin der Friedhofsverwaltung waren keine Einwände gekommen, also hatte sie die Urne ganz offiziell eingepackt und dem Silberschmied übergeben. Geschmückt sollte der zur letzten Ruhe geleitet werden, der ihr ein halbes Jahrhundert Respekt entgegengebracht hatte, den sie mochte, ohne dass er sie liebte, der sie achtete, ohne dass sie ihn vergötterte. Der Silberschmied, noch seinen Träumen, aus denen ihn die Witwe gerissen hatte, näher als der Wirklichkeit, warf einen raschen Blick in die Nische und gähnte.
-“Ihrem Mann geht`s gut, Frau Blader.“
Die alte Dame war beruhigt. Sie lächelte ein erstes Mal seit dem Ende ihrer Ehe.
-“Wir sollten ihn bald zurückbringen,“ ermunterte sie sanft den Langschläfer. „Ein starker Kaffee, und der Arbeit sollte nichts mehr im Wege stehen.“

Vor der Wohnung Sturms, an diesem Abend, der frisch und klar den scheinbar ewigen Winter, den jeder zum Teufel wünschte, um weitere Stunden verlängerte, hatte Ösal Position bezogen. Seit vielen Jahren existierte er im Orgau als Mieter in einer von Bladers Wohnungen, aber genau konnte er sich nicht mehr erinnern, warum er noch immer da war. Geld für eine Existenz in der Heimat, für eine Familie hatte er geplant zu verdienen, schnell und gezielt; und dann sofort zurück nach Ankara. Aber Woche um Woche, Jahr um Jahr hatte er diese Rückkehr hinausgezögert, bis es zu spät schien. Sein Leben war seit langem vorbei, also konnte er auch bleiben. Weiterexistieren im Orgau als das, was er von seinen Gastgebern gelernt hatte. Privatdetektiv. Warten, beobachten und nachschleichen. Blader hatte durch ihn seine Schwiegersöhne beschatten lassen, jetzt wollte er über Sturm im Bilde sein. Und da würde er, Ösal, schon man-

ches zu berichten haben.
Um die Ecke drückte sich der neue Sparkassenvorstand mit seiner Geliebten, aber das war heute nicht seine Aufgabe; Ösal hatte sich ganz auf diese drei beleuchteten Fenster ohne Gardinen zu konzentrieren, hinter denen wieder nichts zu sehen war.

Der lange Kuss machte Simon benommen. Er war froh, dass Max bei ihm war und ihm Ruhe gab. Sein Leben konnte man keineswegs als turbulent bezeichnen, aber es begann, sich mit winzigen Katastrophen anzufüllen, die sich in seinem Kopf zu dunklen Kissenbergen auftürmten. Sie pressten sich im Schlaf auf sein Gesicht.
Noch ehe der Morgen graute, fiel Südwind ein. Bei Tagesanbruch begann jener schwere Regen zu fallen, von dem man in den Bergen zu sagen pflegt: „Mit Schaffeln schütten's abi!“ Ein wunderlicher Plural! Sie, die bösen Mächte, die dem Leben feindlich sind! Gewöhnlich lauern sie für den Aberglauben des Volkes 'dort unten'. Aber wenn es aus den Wolken schüttet, die Frühlingssaat verhagelt und von den Obstbäumen die Blüten niederschlägt, dann hausen die bösen Mächte auch 'dort oben', wo bei lachendem Wetter nur gute Engel wohnen.
Simon stellte den Ganghofer zurück ins Regal, zu den Büchern, die er in den letzten Tagen aus den Umzugskisten befreit hatte.
Als er in Kretingen seine Kisten auspackte, lachte er noch über die Vorstellung, nun der Quotenschwule der Gemeinde zu sein. Aber so wie die bösen Mächte hier noch präsenter schienen als sonst und alles verhageln konnten, so musste er bald schon einsehen, dass auch die Triebe, Lüste und sexuellen Vorlieben vor der tiefsten Provinz nicht Halt machten. Anonym war allerdings

nichts, und so kostete es manchen schon Überwindung, in den Sexshop am Josephsanger zu schleichen oder freitags den Lack&Lederclub (Zutritt nur in Damenbegleitung) zu besuchen. Und wenn der Stadtrat, der sich nachts im Park herumtrieb und durchaus Sinn für Humor besaß, dort mit einem freundlichen „Guten Abend, Herr Stadtrat“ begrüßt wurde, sehnte er sich doch gelegentlich nach dem Namenlosen.

Simons Hände glitten langsam über Max` Körper, von dem er ahnte, dass er ihn nicht mehr lange neben sich spüren würde. Von draussen drang das Läuten der Glocken zu ihnen, aber die gut isolierten Fenster dämmten es auf ein erträgliches Maß.

Was für ein ungleiches Paar wir sind, dachte Max. Wie war er nur an diesen glatten Intellektuellen geraten, der tagelang egomanisch denken und schweigen konnte und ihn aus seinem Leben ausschloss? Es war die Wanderung auf der Grenze zwischen hart und schmierig gewesen, die ihn gepackt hatte. Inzwischen fand er Simon durchaus niedlich, seine Zerstreutheit, zu der ihm nur noch eine Professur fehlte, und seine Geheimratsecken, die langsam größer wurden, auch wenn Simon nach wie vor ihre Existenz leugnete. Außerdem hatte er ein Gefühl für die oft seltsamen Zeugnisse von Simons Liebe entwickelt. Max verstand inzwischen die kleinen Gesten seines Freundes. Das Glas Erdnussbutter oder den Gutschein für eine Nacht mit ihm in der Fremde.

An der Wand, dem Bett gegenüber, hatte Max eine Weltkarte angepinnt, so dass er liegen und von fernen Orten träumen konnte. Er wollte die Welt sehen und zeigte Simon die Orte, an denen er schon gewesen war und die Orte, zu denen es ihn noch treiben würde. Er wollte die Welt. Und jetzt war er in Kretingen.

Er ertappte sich bei dem Gedanken, aus Langeweile seine Unterhosen zu bügeln. Große weiße Flocken taumelten draußen zu Boden, das ganze Leben wurde dumpf, gedämpft, betäubt. Max` Blick verlor sich zwischen den überzuckerten Giebeln, und er dachte an weiße Dünen und im heißen Sand schlafende Körper. Von der herrlichen Unverbindlichkeit des Sommers, vom Wildern in den aufregendsten Revieren der Welt. Simon nickte mitfühlend, aber seine Aufmerksamkeit galt gerade den fleischfarbenen Schlittschuhen der Eiskunstläuferinnen auf der Mattscheibe, vor denen es ihm gruselte. Sex würde ihnen jetzt guttun, dachte Max, schob langsam seine Hände unter Simons Hemd und fühlte die warme Haut, die ihn erwartete.

Viel Zeit hatten sie nicht, denn Simon musste noch zur Sitzung des Stiftungsvorstands, um die Beschlüsse zur letzten Bauphase des Museums entgegen zu nehmen.

Atemlos lagen sie auf dem Parkett, der Applaus für den letzten Rittberger drang aus dem Fernsehen herüber und Simon versank im nahen Blau der Augen über ihm. Unglaublich nah, dachte Max. Die letzten Wochen wie in Trance. Ein Strudel, der ihn gepackt und aus Zürich heraus nach Bologna und weiter nach Kretingen geschleudert hatte. Jetzt war er gelandet. Bei Simon, und das fühlte sich gut an. War aber nur ein Teil. Ein Fragment seiner Vorstellung vom Leben.

Der große Orgauer Schmortopf

Man musste Zeichen setzen. Diese Überzeugung teilten alle beteiligten Herren des Vorstandes. Wieder einmal war man im *Goldenen Hirschen* zusammengekommen und saß bei Wein, Bier und Schupfnudeln. Rinz hatte sich zurückgelehnt und betrachtete den Zahnstocherhal-ter auf den gestanzten Plastikspitzen. Dann sah er mit ungewissen Gefühlen auf eine gewisse Dame in ihrer Runde. (Unter den Herren war auch eine Dame.) Sie erfüllte in diesem Kreis eine dreifache Funktion: sie war keine gebürtige Kretingerin und verlieh damit überregionales Flair, sie war das einzige fachkundige Mitglied des Stiftungsvorstands, denn sie war Kunsthistorikerin, und sie war eine Frau, Frau Dr. Annemarie Wolff-Zöbertin. Ihr greller Lippenstift setzte den Akzent über den dezenten Chanel-Kostümchen, die sie trug und umrahmte mutig ihr Pferdegebiss. Im Leben und in der Kunst ging es ihr nur um die Sache, und sie stand über den Dingen. Das konnte man mit ein wenig Gespür für Nuancen aus jeder ihrer spärlichen Äußerungen heraushören. Gehört wurde sie selten, gefragt nie, aber auch sie hatte sich vorgenommen, im Orgau zu überleben. Also stand sie über den Dingen, wenn es um die Sache ging. Und wie die anderen war sie der Auffassung, dass man Zeichen setzen musste.
-"Ein erstes Zeichen," machte sich Rinz energisch vernehmbar, „muss der Einzug des Direktors in das neue Haus sein."
Fertig war noch nichts, aber dieses Signal sollte den Handwerkern, Sub- und Subsubunternehmern, städtischen Baureferenten und der Öffentlichkeit klar machen, dass die Eröffnung des Hauses bevorstand und dass es nun ernst würde. Schnell ließ sich Einigkeit in diesem Punkt erzielen, keine Einwände, keine Gegenstimmen:

nächster Tagesordnungspunkt. Kässpatzen, Schupfnudeln und Buabespitzle wurden aufgefahren und der große Orgauer Schmortopf, die Spezialität des Hauses. Wie es kam, dass vom Einzug des Direktors alle völlig unbeeindruckt blieben, konnte sich später niemand mehr erklären, aber für den Moment hielt der Vorstand diese Form der Mahnung zur Eile für angebracht.
Rinz blitzte mit seinen flinken Äuglein in die Runde und selbst Leeringer, der allen Grund hatte, Rinz für gefährlich zu halten, hob sein Glas, um ihm zuzuprosten.

Es ist keine Frage, hatte Dr. Mayr schon damals gedacht, als er die Pläne des neuen Museums entgegen genommen hatte, um die Museumsakte des Stadtarchivs zu vervollständigen, es ist keine Frage, dass auch aus Architekturwettbewerben nicht immer der überzeugendste Entwurf als Sieger hervorgeht, aber all die hübschen Modelle, die am Ende eines solchen Wettbewerbs zusammenstehen, fordern doch zu einem Spaziergang durch die Miniaturen heraus, der zumindest manche dumme Wand und manche schlaue Öffnung spürbar macht. Für Blader, das wusste Dr. Mayr, hatte der Architekt seines Museums dagegen von Beginn an festgestanden und das konnte man sehen. Aber Dr. Mayr hielt sich aus allem heraus, warum sollte er sich einmischen in Dinge, die ihm gleichgültig waren? Er war in die richtige Partei eingetreten und hatte darüber hinaus mit seinem Schweigen bestens gelebt.
Mit einem leichten Stoß warf er nun seine Wagentür zu, schlug den Kragen seines Lodenmantels hoch - der Wind schnitt ihm ins Gesicht - und betrat den Rohbau zu einer Vorbesichtigung.
Auch Blader parkte seinen Benz vor dem Portal aus sandgestrahltem Glas und nahm seinen Hut vom Beifahrersitz. Da hatte er sich etwas vorgenommen mit

diesem Museum. Wenn das eine Blamage würde, das würde er nicht verkraften. Und dabei war er sich so sicher gewesen, er hatte keinen Wettbewerb gebraucht und kein Modell, denn mit jedem neuen Auftrag war ihm Leeringer noch mehr, noch tiefer verpflichtet, und er wusste gleich, Leeringer würde ihn auch jetzt nicht enttäuschen. Seine Wahl war die richtige gewesen, das spürte er.

Dr. Mayr begrüßte den Alten an der Tür.

-“Wir sind die ersten.“

-“Warten wir auf den großen Baumeister.“

Die Herren standen im Foyer zwischen kreischenden Sägen und Zementsäcken und nickten sich aufmunternd zu.

-“Noch sechs Wochen“, rief Dr. Mayr freundlich und sah sich um. Er stand in einem Bauwerk, dessen Bestimmung sich nicht sofort offenbarte, und während er weiter gutgelaunt in Bladers Richtung schmunzelte, schweiften seine Gedanken ab zu Leeringer, der noch nie ein Museum gebaut hatte. Er war mit seinen achtunddreißig ja auch noch jung, zumindest für einen Architekten. Einmal, so erzählte man, hatte er sich vor die Wahl gestellt, im Büro des großen Richard Meier zu arbeiten oder eine Frau aus Kretingen zu heiraten und dort zu bleiben. „Nie habe ich es bereut“, pflegte Leeringer zu sagen, aber keiner konnte genau verstehen, weshalb er überhaupt vor einer Entscheidung gestanden hatte. Das blieb Leeringers Geheimnis.

Mit üblicher Verspätung und gehetzt wie stets, rauschte der Baumeister ins Foyer, schüttelte Hände und begann mit der Führung.

-“Frau Dr. Wolf-Zöbertin lässt sich entschuldigen, Herr Toller und Herr Dr. Sturm werden später zu uns stoßen.“

Mit großer Geste, die für eine japanische Reisegruppe auf dem Weg durch die Prunksäle Neuschwansteins bestimmt schien, bat der Architekt in den ersten Raum,

eine neonbeleuchtete Kammer mit drei quadratischen Luftlöchern zum Hinterhof. Das Büro des Direktors. Entlang der Rigipswand hatte Sturm bereits ein Regal aus Umzugskisten errichtet und mit einem provisorischen Stromkabel eine Tischlampe am Brett, das ihm als Schreibtisch dienen würde, festgeschraubt.
Blader schwieg, aber er fragte sich, ob dieser Sturm, der sich offenbar in einem solchen Chaos wohlfühlte, der Richtige für sein Museum sein würde. Wie konnte man sich so einrichten, besaß der Mann denn überhaupt kein Gefühl für Repräsentation?

Sturm ließ sich auf einen Klappstuhl fallen und starrte auf die Kabelflut, die rund um den gewaltigen Sicherungskasten neben der Tür aus der Wand quoll. Die Führung Leeringers würde inzwischen im Dachgeschoss angekommen sein, aber er verspürte so gar keine Lust, sich der Begeisterung des Architekten für sein Bauwerk auszuliefern. Er legte die Füße auf die Schreibtischplatte und ließ den Blick durch sein Domizil schweifen. Der Tierschutz hätte diesen Raum umgehend zur Haltung von Hunden verboten, keine Bauauflage war erfüllt, aber auch in Kretingen ließ sich manche Verordnung außer Kraft setzen, wenn die wesentlichen Worte von den maßgeblichen Menschen am richtigen Ort unüberhörbar wurden.
Die Herren waren gegangen ohne ihn in seinem Loch entdeckt zu haben. Sturm atmete auf und machte auf eigene Faust seine Entdeckungstour.
Die Klimaanlage war im gesamten Haus vergessen worden, auf einen Keller hatte man verzichtet, die Tür für die Anlieferung der Kunstwerke befand sich im Obergeschoss. Weit geöffnet und einladend sollte sie ein Zeichen der Vergeblichkeit bleiben, denn ohne Aufzug und ohne Treppe würde sie nur mit einem Kran erreichbar sein. Sturm schlich die Stiege hinauf, deren Glasdach

dem Treppenhaus nicht nur das Aussehen eines Gewächshauses verlieh, sondern bereits jetzt, im April, auf der Wendeltreppe aus Sichtbeton das Klima der Tropen erzeugte. Oben wollte er einen Blick in das Depot werfen, in dem die Kunstschätze der Stadt verwahrt werden sollten. Vielleicht hätte der Raum seine Funktion erfüllen können, wer konnte das absehen, aber die Tür war so klein, dass die großen, sperrigen Schinken, wie sie im Rathaus herumhingen, nie hier landen würden. Das erleichterte Sturm einigermaßen.
Manchen Einwand hatte er bereits beim Architekten vorgetragen, aber er, das war nun deutlich, würde nie zu den maßgeblichen Menschen gehören, deren Worte sich nicht überhören ließen. Während er sich die viel zu großen Aussparungen für die Beleuchtung in der Betondecke betrachtete, klangen ihm die Worte Leeringers in den Ohren: „Man braucht keine eigenen Ideen, man muss nur bei anderen gut hinschaun können.“ Aber schauen, hieß nicht begreifen.
Als er in sein Büro zurückkehrte, erwartete ihn dort bereits Eddie Toller.
-“Grüße Sie. Alles noch ein bisschen provisorisch hier“, schmunzelte der braungebrannte Glatzkopf, der in seiner Funktion als Vorsitzender des Stiftungsvorstandes und Duzfreund des Stifters seinen jovialen Antrittsbesuch absolvierte.
-“Ja. Kein Geld mehr für Möbel. Es hat nicht gereicht.“ Der knappen Antwort fehlte es ganz offensichtlich am erwarteten Esprit, denn plötzlich wurde das Gesicht mit der breiten Stirn und den weit auseinanderstehenden Augen hart. Gerade noch hatte Sturm gedacht, dass die Initialen E.T. sehr gut zu der Erscheinung passten, die sich da gegenüber auf dem zweiten Klappstuhl niedergelassen hatte, doch nun erschien der Name Toller in ganz neuem Licht.

-“Wissen Sie eigentlich, wer ich bin?“ Diese Frage traf Sturm ein wenig unerwartet.
-“Sie sind Schuhverkäufer - Eigentümer eines Schuhgeschäfts und drehen Filme über Ägypten fürs Fernsehn...“ Das war es zumindest, was man Sturm über Toller erzählt hatte. Im ersten Stock seines Schuhgeschäfts stünde in einem Hinterzimmer außerdem ein Tresor, in dem die Ägyptika und Pseudoägyptika lagerten, mit denen Toller nebenher dealte. So hatte er gehört. Doch dies Detail, soviel Feingefühl besaß Sturm noch, fand er an dieser Stelle nicht der Erwähnung wert. Die nachfolgende Pause dehnte sich und Toller schien sie zu genießen. Langsam zog er einen kleinen Katalog aus der Tasche und legte ihn auf die Holzplatte.
-“Sehen Sie, ich organisiere auch Ausstellungen, hier nur eine kleine Kostprobe. Ein Bekannter, der in finanziellen Schwierigkeiten steckte. Habe in der Mehrzweckhalle eine Show mit seinen Bildern gemacht, nichts dolles, aber für sechzigtausend verkauft. Verstehn Sie.“
Sturm blätterte, er hatte schon manches zu sehen bekommen, aber dieser naive Naive verursachte ihm ein seltsames Rumoren im Magen, und als Toller en passant seine guten Kontakte zum Direktor des Glücksschwein-Museums Bad Wimpfen erwähnte, ließ er langsam das Buch sinken. Toller lächelte.
-“Wenn Sie Geld brauchen, kein Problem, rufen Sie Mercedes an, die stellen Ihnen zur Eröffnung zwei Schlitten ins Foyer und Sie kassieren dafür zwanzigtausend. Und schon haben Sie Geld für Möbel. So macht man das hier, verstehen Sie.“
Sturm erhob sich und streckte seinem Gegenüber die Hand hin.
-“Danke für die Ratschläge, ich werde darüber nachdenken.“
Bevor er die Tür hinter sich zuzog, um den Baulärm

auszusperren, hörte er Toller noch vom Gang her rufen. Verstehen konnte er nichts, aber er ahnte, dass es eine Aufforderung an ihn sein sollte, weniger und schneller zu denken. Sturm nickte mit aller Freundlichkeit, die er noch aufbringen konnte und ließ sich über seinem Ganghofer nieder.

„Himi Bluatsa! Jetzt schlagt's aber ein!" Er wurde seiner Christenpflicht untreu und steuerte im Laufschritt nach Hause, um Unheil zu verhüten und aus der gefährlichen Nuß dieser Schicksalsstunde einen genießbaren Kern herauszuklopfen. Da er alle Dinge, die ihn selbst berührten, als eingefleischter Optimist betrachtete, hatte er flink wieder jenes wohlschmeckende Plänchen bei der Hand...

Sturm schlug das Buch zu. Er würde seine Ideen gegen alle Widerstände behaupten, und er würde es schaffen.

Lächelnd servierte Alwine Tee, als Sturm sich zu seinem Versöhnungsbesuch niederließ. Sein erstes Interview saß der Museumsstiftergattin noch immer in den Knochen, aber für sie wog die Enttäuschung, dass Sturm vielleicht doch nicht der Wunschsohn sein könnte, den sie sich erhofft hatte, weit schwerer. Er ging nicht zur Kirche und mied gesellschaftliche Ereignisse. Von einem Tablettchen durfte sich Sturm zwei Kekse nehmen und auf das Tellerchen legen, das vor ihm auf dem Mahagonicouchtisch stand.

-"Wissen Sie, was das ist?" Mit diesen Worten eröffnete der Alte das Gespräch und deutete, ohne hinzusehen mit der Hand über seine Schulter auf eine dunkle Leinwand.

-"Keine Ahnung", hörte sich Sturm sagen. Sofort nahm er sich vor, das weitere Gespräch etwas präziser zu führen.

-"Kirchner", kam es trocken aus dem erhöhten Sessel.

-"Tatsächlich!" Sturm hätte sich ohrfeigen können. Es fehlte ihm ganz offensichtlich an Sensibilität. Mit

unbeholfenem Lächeln wies er unbestimmt in die Weite des Raums und Alwine folgte seiner Bewegung.
-"Ja, die Vasen sind Murano, von unserer letzten Venedigreise, mundgeblasen, wir haben zuschaun dürfen."
Sturm war ihr für diese Unverbindlichkeit so dankbar.
-"Mundgeblasen ist ja doch immer am schönsten...," nickte er, aber der Alte, kurzatmiger denn je, hatte sich offenbar vorgenommen, keinen Smalltalk zu dulden und unterbrach ihn knapp.
-"Sie sind sicher nicht gekommen, um über Kunst zu reden."
Er gab sich unversöhnlich und mürrisch. Wie sollte man sonst diesen jungen, aalglatten Schnösel zur Vernunft bringen? Als Erstes könnte er Sturm ein wenig warten lassen, damit gelang es, auch zähe Gegner weichzukochen. Das Warten würde auch diesen Spitzbuben zermürben. Noch bevor Sturm sich äußern konnte, stemmte Blader sich plötzlich hoch und verließ wortlos das Zimmer, um sich eine Ration Tabletten zu verabreichen, um Zeit zu gewinnen und den Jungen in Ungewissheit zurückzulassen. Ein wenig einschüchtern konnte nicht schaden.
Dieser Sturm war dabei, das um ein Nichts geordnete Bladersche Leben in Unordnung zu bringen, und das musste um jeden Preis verhindert werden. Unfähig zum Müßiggang war es dem Alten nicht leicht gefallen, seiner Existenz einen so alltäglichen Rhythmus zu geben, dass sich das einzige verbleibende Ziel dieser Existenz, der Tod, hinter diesem Rhythmus verstecken ließ. Seit dieser ruhelose Direktor aufgetaucht war, war Blader aus dem Takt geraten. Die aufgetürmten Alltäglichkeiten, hinter denen er sich gegen die Leere verbarrikadierte, wankten, und immer häufiger erschreckte ihn der blitzartige freie Blick auf den Tod.

Sturm sah ihm mit großen überraschten Augen nach, als Blader den Raum verließ, dann faltete er die Hände wie zum Gebet und wandte sich sanft und mit besorgter Stimme an Alwine.

-"Geht es Ihrem Mann nicht gut?"

Alwine zuckte nur leicht mit den Schultern.

-"Das Herz. Es ist das Herz."

Mit leicht geneigtem Kopf biss sich Sturm auf die Unterlippe, die Falte zwischen seinen Brauen vertiefte sich ein wenig, und ihm entfuhr ein unüberhörbarer Seufzer. Diese Chance würde er sich nicht entgehen lassen. Leichtfüßig erhob er sich mit einer Geste, die Alwine darum zu bitten schien, ihm das Bewundern der Kostbarkeiten zu gestatten, die so apart von weiblicher Hand drapiert waren.

Dem ersten Blick fiel ein großes Gemälde in altem Rahmen auf, das Bild eines jungen Jägers in Lebensgröße, zwischen Bäumen auf einem Steinbock ruhend. Ein gutes Portrait, die Malweise von emailartiger Glätte, wie man vor fünfzig oder sechzig Jahren gemalt hatte. Auch hielt der Jäger seinen altertümlichen Perkussionsstutzen quer über den Knien und trug die kurze, reichlich mit Grün ausgeschlagene Joppe, die lederne Bundhose und den hellgrün gebändigten Spitzhut - die Tracht der Gebirgsjäger aus der Zeit, in welcher König Max II. fröhliches Weidwerk in den Bergen gepflegt hatte. Ein gesundes, kräftig gebildetes Frohgesicht blickte hell aus der Leinwand heraus wie aus dem geheimnisvollen Schatten eines in Dämmerung versunkenen Waldes.

Wo blieb nur der Alte? Sturm sah besorgt zur Tür und stellte sich vor, wie Blader draußen kollabierte. Hoffentlich, dachte Sturm, würde Blader ihm das ersparen. Alwine war offensichtlich nicht im geringsten beunruhigt, und tatsächlich, der Alte kam zurück und überraschte seine Gattin, wie sie dem jungen Mann,

dessen Zurechtweisung sie noch kurz vor seinem Eintreffen gefordert hatte, von ihrer tiefen Abscheu gegenüber kleinen Männern erzählte.
-“Gut“, hörte er sie sagen, “dass sie nicht so ein Zwerg sind wie unser Oberbürgermeister. Kleinen Männern dürfen Sie nie trauen.“
Blader sah Sturm, und tiefe Abscheu erfasste ihn. Erkannte Alwine wirklich nicht, wie verlogen dieser eitle Karrierist, der von ihrem Geld lebte, Interesse heuchelte? Das war mehr als nur ein netter Plausch mit einem Angestellten, was er hier vorfand. Immerhin gelang es ihm, Sturm binnen fünf Minuten an die Tür zu bringen.
-“Gute Besserung wünsche ich Ihnen, schonen Sie sich. Ich hoffe, die kleine Irritation zwischen uns ist aus der Welt“, vernahm Blader sein lächelndes Gegenüber. “Wir sollten uns unbedingt häufiger sprechen. Ich stehe Ihnen jederzeit gern zur Verfügung.“ Ein Winken und Sturm ließ bereits den Motor an. Das Leben war so unabsehbar. Ausgestattet mit einer unheilbaren Krankheit, dachte Blader, hatte man doch den besseren Überblick. Er winkte kurz zurück und schloss abrupt die Tür.

Alpträume

Es war so still, dass Max nicht schlafen konnte; das Bett neben ihm war leer und die Bergluft schlug ihm auf die Bronchien. Er hatte schlecht geträumt und einzig der Kaffeeduft aus der Küche machte ihm Hoffnung, aber Simon war schon unterwegs. Mit einer schnellen Bewegung zog sich Max die Decke über den Kopf und fühlte sich im warmen, weichen Dunkel noch einsamer. Wie hatte er hier landen können, in einem dahindümpelnden Dorf, in dem die einzigen Regelmäßigkeiten seiner Existenz die Langeweile und sein Spanisch waren.
Wann soll ich kommen? - ¿A qué hora quiere que venga? Das kleine Lehrbuch lag auf Max` Nachttisch. *Hast Du einen Freund? - ¿Tienes novio? - Muchas gracias por esta velada tan agradable,* flüsterte Max vor sich hin, vielen Dank für den netten Abend.
Noch benommen von der Nacht fand er sich in der ausgestorbenen Altstadt wieder. Wie in Dodge City schritt er die Straße hinunter und glaubte die tausend lauernden Blicke hinter den halbgeöffneten Fensterläden zu spüren. Die Wildach rauschte, zwei Autos parkten auf der sonst leeren Gasse und hinter jedem Auto stand eine Politesse. Vor Max` Augen vollzog sich eine Choreogra-phie in Slowmotion. Synchron und in unendlicher Langsamkeit umkreisten die uniformierten Frauen ihre Opfer, zogen ihre Blöcke, notierten die Nummern und klemmten die Zettel unter die Scheibenwischer. Zeitgleich klappten die kleinen Mappen zu, die kecken Hütchen wurden geradegerückt und die blauen Wesen wandten sich zum Abgang.
Das Unerwartete verdiente diese Bezeichnung, wenn ein Lebewesen zugegen war, das in diesem Moment etwas anderes erwartet hätte und nun durch die Wirkung des Geschehens überrascht wurde. Ohne ein solches

Lebewesen gab es nichts Unerwartetes, und so verflüchtigten sich die meisten Seltsamkeiten, ohne dass sie die Chance gehabt hätten, zu etwas Unerwartetem zu werden. Denn entweder fehlte es ganz an Lebewesen, die ein merkwürdiges Ereignis nicht erwartet hätten, oder den Lebewesen, die es erleben konnten, erschien es als völlig normal. Nie konnte Max sagen, ob ihn ein solch wunderbarer Vorfall, wie er sich gerade vor ihm vollzogen hatte, beflügeln oder lähmen würde. Für ihn war er vollkommen unerwartet, und da Max mit diesem Gefühl ganz allein stand, wirkte er noch mächtiger und fremder. Alleingelassen wünschte er sich die Fähigkeit, sich selbst einen blasen zu können und begann leise zu lachen, bis ihm die Tränen in die Augen traten.

Was genau vorgefallen war, darüber ließ sich später keine Einigkeit mehr erzielen, aber es konnte nur die Verkündung eines ersten und, wie sich zeigen würde, auch letzen Jahresprogramms für das Museum gewesen sein. Einstimmig hatte die Stiftung ihrem Herrn von Sturm das Vertrauen ausgesprochen, aber es war nicht nur Toller, dem bald Zweifel kamen, ob nicht doch *zu viel Neues* zu sehen sein würde. Große Namen mussten her, mit Rodin sollte man eröffnen - (nur Leeringer traute sich zu fragen, wer das sei) - oder mit Rembrandt - (von dem hatte selbst Leeringer gehört). Die meisten Ausstellungsideen hatte Sturm zwar schon in seiner Stellenbewerbung angekündigt, aber da hatte man nicht so genau auf die Details geschaut, da hatte man sich noch blenden lassen.

-"Wenn ich noch mal die Entscheidung hätte, ich würde nie ein Museum bauen!" Der Alte war aufgebracht. "Der meint wohl, er kann hier tun was er will... Wer zahlt, schafft an!" Der Vorstand hatte sich im Rathaus, im Büro

des Oberbürgermeisters, eingefunden (*der Goldene Hirsch* hatte Betriebsferien) und schwieg zu diesen Worten.
-“Wir wollen Leben in diese Stadt bringen. Ein Zeichen setzen. Alle nörgeln nur herum, wir aber wollen optimistisch sein.“
-“Mir ist egal, was der ausstellt, aber es sollen Leute kommen.“ Blader geriet in Fahrt. “Darum geht’s. - Na, und dann auch noch einer vom anderen Ufer, na bravo, hätte man nicht unter hundertzwanzig Bewerbern auch einen Normalen finden können?“ - Leeringer sah ihn mit Kugelaugen und gekräuselter Stirn an, doch Blader kannte kein Erbarmen.
-“Sie brauchen nicht so zu schaun. Ich brauch Sie nicht, um sowas rauszufinden. Ich lass mich nicht für dumm verkaufen. Und dann protegiert der hier am Ende noch seine Freunde als Künstler. Stellt mit meinem Geld Leute aus, die er kennt. Das fehlte noch, dass der hier auf meine Kosten seinen - - Kumpels den Weg ebnet.“ Kurz stieß er die Laute von sich und jeder spürte, es wäre nicht nur für seine Gesundheit besser gewesen, hätte er noch weitere sechs Wochen in Davos verbracht. Als er sich an Weihnachten verabschiedet hatte, um wie jedes Jahr zweieinhalb Monate in die Schweizer Berge zu gehen und sein Asthma zu beruhigen, war das auch vom Vorstand mit höflicher Erleichterung zur Kenntnis genommen worden. Aber jetzt war er wieder da, alt, frisch und ungebrochen.

Unterdessen harrte Sturm in seinem Büro unter Neonröhren aus. Er wartete auf die erste Kunstlieferung. Ein seltsames Gefühl erfasste ihn. Um sich abzulenken, blätterte er in den Presseberichten, die bereits im Vorfeld erschienen waren und die sich sehen lassen konnten. Dann zog er den Ganghofer aus dem Aktenberg.

Die Szene erinnerte ihn an Homer, an die Griechen und Trojaner, die sich auch, bevor es Hiebe setzte, in wenig heldenhafter Weise zu beschimpfen pflegten. Der Augenblick in dem es zwischen den Wildachtalern und den Italienern zum Geprügel kommen mußte, schien nicht mehr ferne. Die Hitze des Wortgefechtes kulminierte schon. Keine der beiden Parteien verstand, was die andere schrie und fluchte... Ein Klopfen an der winzigen Scheibe unterbrach Sturms Lektüre. Er erkannte im Halbdunkel die Umrisse Leeringers, der ihm winkte. Rasch öffnete er die Haupttür und ließ die kalkige Gestalt herein, die einen weißen knurrenden Spitz hinter sich herschleifte.

-“Ich dachte, ich schau mal rein. Balduin musste ganz dringend und ich bin heute für ihn verantwortlich. Wir hatten gerade ein sehr interessantes Gespräch mit dem Stifter, sehr interessant, wirklich.“

-“Um was ging es? Hat er schon genug von mir?“

-“Herr von Sturm. Sie kennen ja den Alten. Alles unter Kontrolle, das wollte ich Ihnen nur schnell sagen. Schönen Abend noch.“ Natürlich war diese Notlüge, die keinem weh tun und sympathisch sein wollte, ein Geschenk an den Direktor. Um keinen Preis wollte Leeringer ihm die Laune verderben. Aber die Lüge steckte pelzig und seltsam dumpf in Sturms Gehörgang, während der Architekt wieder in die Dämmerung abtauchte. Sturm sah ihm lange nach und eine matte Traurigkeit übermannte ihn.

Er ging zurück in seinen Betonwürfel und zog die Einladungsliste für die Eröffnungsfeierlichkeiten hervor. Ein Hochseilakt orgauerischer Lokaldiplomatie. Denn alle sollten, auf besonderen Wunsch Bladers, eingeladen werden und doch nur die, die die Harmonie nicht in Gefahr bringen würden, das hieß die, die schon in der Vergangenheit anständig waren, also die, die dem

Vorstand des Museums auch bisher mit Respekt begegnet waren. Sturm vertiefte sich in die Liste, die er unvorsichtigerweise Blader vorgelegt hatte, in der Absicht, den Alten ein wenig zu besänftigen und teilhaben zu lassen an der Organisation. Nun sah er die ausladende, unge-übte Handschrift, die kreuz und quer Namen auf das Papier gekritzelt und ebenso viele andere heftig ausgetilgt hatte.
Wenn Apotheker Schallmeyer eingeladen würde, käme Dr. Dopp nicht, denn der Geriatrieexperte Dopp war nun mal Schwager von Jakob Guglmoor, gegen dessen Bruder Hans, den Malermeister und Fraktionschef der Freien Wähler, Schallmeyer ein Verfahren wegen einer Unkrautvertilgungsklausel in der Kleingartennutzersatzung laufen hatte. Wenn man Schallmeyer aber überginge, bliebe auch dessen Lebensgefährtin, die Brauereierbin Bieger weg, die man unbedingt als Sponsor für den Freundeskreis des Museums gewinnen wollte. Seit Dr. Dopp die Mutter des Landtagsabgeordneten Peter Kroschl sanft ins Jenseits begleitet hatte, schmückte er sich zudem mit den guten Kontakten zur überregionalen Politik und besonders zu seinem *Freund Peter*, dessen Grußwort zur Eröffnung er überbringen würde, vorausgesetzt, Karin Watsch, die Besitzerin des Reisebüros an der König-Ludwig-Straße würde ihm nicht zugemutet, da er sich von ihr um eine Reiserücktrittskostenversicherung bei seinem letzen Aufenthalt in Dorf Tirol betrogen fühlte. Leider orderte das Büro Rinz bei ihr alle Tickets für Dienst- und Privatreisen, denn Watsch war seit der Schulzeit die engste Freundin der Gattin des Oberbürgermeisters. Auch auf Frau Watsch konnte man unmöglich verzichten.
Man soll mit Arschlöchern keine Geschäfte machen, dachte Sturm.
Als er den Schlüssel im Schloss drehte und sich in den

kalt beleuchteten Betonraum zurückwandte, um seinen Mantel zu holen, war er kurz davor, seine Abreise bekannt zu geben. Aber im nächsten Moment war er wieder sicher. Er würde das hier durchstehen. Seine Schritte hallten in den Gassen, ein Bewegungsmelder tauchte eine Einfahrt voll rostender Autowracks in grelles Licht, ein Hund kläffte. Hinter sich hörte er Geräusche und wandte sich um. Aber die Stille war plötzlich vollkommen, er spähte mit zusammengekniffenen Augen ins Dunkel. Er war eitel genug, keine Brille zu tragen, denn noch wichtiger als zu sehen, war gesehen zu werden. Aber jetzt hätte er gern seine Brille zur Hand gehabt. Da er nichts erkennen konnte, setzte er seinen Weg fort. Gleich waren die Geräusche wieder da. Jemand folgte ihm. Er beschleunigte seine Schritte und glaubte den Atem seines Verfolgers zu hören. Er war auf der Flucht, sein Magen schmerzte, aber er wollte sich nicht umdrehen, er wollte sich diesem Alptraum nicht stellen.

Als er seine Wohnung betrat, war Simon verstört. Keine Frage, er wurde verfolgt, beschattet. Er warf seinen Mantel in die Ecke und öffnete den Kühlschrank. Dann hörte er das Stöhnen von Max aus dem Schlafzimmer. Er stellte noch zwei Flaschen Prosecco kalt und schlich, zwei Gläser randvoll gefüllt, nach nebenan. Er würde sich mal wieder richtig besaufen.

Max fühlte sich gedemütigt. Den Blick zur Decke lag er auf dem Rücken und stöhnte. Alt fühlte er sich. Er war nicht mehr neunzehn. Nicht mehr in dem Alter, in dem man diese Woche einen Selbstmordversuch macht und nächste Woche was anderes. Das ergab keinen Sinn mehr. Aus dem Alter war er endgültig raus. Und er war in diesem stinkenden Kaff statt in Manhattan.

-“O mein Gott. Wie kann einer nur freiwillig hier leben. Wie kann es sein, dass sogar Leute mit Geld, dass

Millionäre, dass Leute, die frei sind, hinzugehen wohin sie wollen, dass die hier ihr Leben verbringen.“
Er sah hilfesuchend zu Simon.
-“Was müssen das für Mutanten sein. Die armen Leute sind bemitleidenswerte Idioten, die hat es halt irgendwann verschlagen in dieses schwarze Loch, durch Geburt oder Arbeit, die sind vielleicht zu schwach, um hier wegzukommen. Aber die Reichen? Was müssen das für Typen sein. Ich bin vielleicht arm, aber nicht arm genug, um das hier auszuhalten.“
Simon kauerte sich vors Bett und nahm Max in den Arm. Er hatte selbst Zweifel, ob es lohnte, in einem Ort zu leben, in dem er hinter jeder Ecke Fallensteller vermutete, Intriganten, die überall ihre Netze spannten, um die letzten bunten Singvögel zu erledigen. Es schien ihm schwierig, diesen Gestalten im Dunkeln zu entkommen, denn die Fallensteller, das waren möglicherweise alle anderen.
-“Ich habe einen Verfolgungswahn“, flüsterte Simon. “Ich verstehe Dich so gut. Ich verstehe, wenn Du morgen deinen Koffer packst, aber gib mir eine Chance. Ich kann nichts für Kretingen, ich halt' das auch nicht aus. Irgendwann muss ich auch hier weg.“
-“Irgendwann ist mir zu spät“, kam es leise zurück.
Simon leerte sein Glas in einem Zug. Ohne Max wäre er der Kapitulation einen großen Schritt näher. Natürlich hatte sein Freund Recht, was war das für eine Stadt, in der eine Union aus Freiwilliger Feuerwehr und Karnevalsverein den Bürgermeister stellte und von der Opposition nur Schlimmeres zu erwarten war. Am Morgen noch wurde der Museumsdirektor zu Rinz bestellt, um ihm eine Smalltalkausstattung für die Museumseröffnung mit auf den Weg zu geben. Jawlensky würden die Kretinger als Erstes zu sehen bekommen, also plauderte Sturm über Jawlensky. Womit

man seine Zeit verbringen konnte. Mit Kleinigkeiten, dachte Simon, denn wenn man sich mit Großem befassen würde, könnte man schließlich zu schnell von der Stelle kommen.
Es wäre schön, dachte er, wenn man mit Arschlöchern keine Geschäfte machen müsste, aber wer konnte sich das schon leisten.
Ein kurzer Blick machte Max klar, dass der Zeitpunkt für seinen Fluchtversuch nicht günstig war. Er konnte jetzt nicht gehen, nicht so kurz vor der Eröffnung des Museums. Schlafwandlerisch öffnete er den Kühlschrank, goss sich ein Glas Bier ein und trank aus der Flasche.

Von gestrandeten Töchtern und anderen Fallenstellern

Manches setzte Joseph Blader zu. Das Museum war nur die letzte Lawine, der er sich entgegenstemmen musste. Ein Fels in der Geröllhalde. Er saß in seinem Benz und fuhr ziellos durch Kretingen, soweit man in Kretingen ziellos herumfahren konnte. Aus dem Radio drang leise Lohengrin. Was hatte er sich für Mühe gegeben bei der Erziehung seiner Kinder, er hatte für ihr Wohl geschuftet, sie auf die besten Internate geschickt. Aber was war am Ende geblieben? Seine gestrandeten Töchter, von denen er ungern sprach, lagen ihm, nun wo er sich gerade entschlossen hatte, sein Vermögen der Kunst zu widmen, bereits wieder auf der Tasche. Die eine war einem Heiratsschwindler aufgesessen, die andere brauchte Geld zum Ausbau ihres Bauernhofes zu einem Esoterikcenter. Verheiratet mit einem Versager, der nichts in die Ehe gebracht hatte als seinen missratenen Sohn Mark, dessen Impertinenz ihn, Blader, manchen Nerv gekostet hatte. Nicht einmal die Scheidung hatte der Schwächling mit Anstand hinbekommen; eine Stunde vor der Unterschrift der Papiere war er an einem Herzinfarkt gestorben. Über seinen Tod hinaus gehörte er also zur Familie. Bitter, aber was sollte man machen. Schwerer wog seine Hinterlassenschaft, der Widerling Mark, der nun irgendwie doch zur Sippschaft zählte als weitere Null im Reigen der Nieten. Seinen Porsche hatte er sich durch Drogengeschäfte verdient, aber gestolpert war er letztlich über eine dümmliche Bemerkung.

-"Eher gehen euch die Strafzettel aus als mir die Kohle," hatte er einem Streifenpolizisten zugerufen, der sich gerade an seinem Scheibenwischer zu schaffen machte. Schnell war Mark seinen Führerschein wegen des Sachverhalts der Unbelehrbarkeit los. Unbelehrbarkeit, dachte Blader, die lag dann doch in seiner Familie, die hatte sein Clan mit diesem Mark gemein. Aber Mark fuhr weiter ohne Führerschein, wurde belangt, bestraft und schließlich wegen Rauschgiftbesitzes verurteilt. Ein klassischer Wiederholungstäter. Blader hatte den damaligen Oberbürgermeister in einem eindringlichen Telefonat von der Notwendigkeit überzeugt, darauf zu drängen, dass man ein Exempel zu statuieren habe. Mark sollte ihm aus den Augen.

Der Weg ins Gefängnis verlief unerwartet. Ein Streifenwagen, Mark in Handschellen auf dem Rücksitz. Wie fatal sich beruflicher Eifer auswirken konnte, davon hatte man viel gehört, und Mark wollte die nächsten Minuten nutzen, um zu zeigen, dass sich Fatales auch im Orgau zutragen konnte. Die Geschichte vom Rauschgiftring, die er im Streifenwagen erzählte, interessierte die Polizisten, und Mark versprach ihnen schriftliche Beweise, die er in seiner Wohnung liegen habe. Man brachte ihn nach Hause. Mark schob den Schlüssel ins Schloss, öffnete weit die Tür, ließ seinen Schlüsselbund stecken, trat in den Flur. Die Polizisten folgten ihm. Vom Flur aus ging Mark ins Schlafzimmer, vom Schlafzimmer eilte er ins Wohnzimmer, zurück in den Flur, mit einem Satz ins Treppenhaus, warf die Tür zu und schloss ab. Ende. Die Polizisten rüttelten und griffen schließlich zur Waffe, doch als sie mit unbeholfenen Schüssen das Schloss gesprengt hatten, war der junge Mann in Handschellen schon durch den Hinterausgang der Pizzeria im Erdgeschoss in den Kretinger Forst entkommen. Nichts. Eine Suchaktion mit Hubschrauber und Hundertschaft blieb ergebnislos. Wie es dazu kam, wer konnte das schon rekonstruieren, aber man erzählte sich später, der Pfarrer habe Mark drei Tage versteckt gehalten. Dann verschwand Mark in Argentinien. Das war nun zehn Jahre her, vielleicht fünfzehn, und man hatte nichts mehr

von ihm gehört.
Joseph Blader zog seinen Hut. Der Junge war wenigstens seinen Weg gegangen. Ein solches Spektakel hatte in seiner Familie keiner hinbekommen. Ähnlich zielstrebig war nur Manfred, sein ungeratener Sohn Manfred, den er so lange unterschätzt hatte, bis es zu spät gewesen war.
Die Gassen ließ der Alte an sich vorbeiziehen, die sterbende Stadt, der er sein Leben gewidmet hatte, und seine trüben Augen sahen ausdruckslos auf die aufgereihten Läden hinaus, auf den Pizzaservice, den asiatischen Fast Food, den Dönergrill und langsam und schwer wiegte sich sein Kopf. Die ersten Makler annoncierten in der Lokalzeitung schon auf kyrillisch. Wo sollte das hinführen? Was würde diese Stadt für eine Zukunft haben? Für einen Moment sah er sich im Rückspiegel und erschrak. Sein Gesicht schien nur noch aus Hautlappen zu bestehen, die übereinander hingen, gelblich wie Wachs. So musste der Tod aussehen, dachte er. Sofort war ihm klar, dass nur so der Tod aussehen konnte. Die Gegenwart wuchs ihm über den Kopf. Aber früher oder später würde jedem etwas über den Kopf wachsen. Er bog nach links auf die König-Ludwig-Straße ein und fühlte sich noch einmal als Beherrscher Kretingens, dann passierte er das Tor zur einzigen Tiefgarage, dem ganzen Stolz der Gemeinde, und schraubte sich auf der Betonspindel in die Erde. Das Museum lag wie ein Albdruck über ihm.

Am Tag vor der Eröffnung stank es noch immer aus der Kanalisation, die durch die Küche des Museumscafés lief, und Sturm stand gemeinsam mit Frau Dr. Wolff-Zöbertin schweigend auf den weiten, dunklen Bodenflächen der Ausstellungshalle. Die Dummheit der

Handwerker, des Architekten, des Bauleiters - wie in solchen Fällen üblich, schob der eine dem andern die Verantwortung zu - hatte selbst die Gesetze der Physik außer Kraft gesetzt. Der Boden war gegossen und doch so schief, dass sich beim Aufwischen gleich Wasserlachen bildeten, kleine Pfützen, in denen sich die Bilder an den Wänden spiegelten. Der gleichgültige Versuch, den Boden abzuschleifen, hatte alles noch schlimmer gemacht und zudem helle Flecken hinterlassen. Also saß nun ein ergrauter Pakistani mit einem Topf Schuhcreme im Saal und schminkte die hellen Stellen schwarz.
Eine Handvoll Journalisten streifte durch die noch leere Ausstellung. Einige letzte Lampen wurden auf die kleinen Gemälde ausgerichtet, die auf wenige breite Pinselstriche reduzierte Gesichter zeigten. Wie eine Galerie von Christusköpfen leuchteten die Miniaturen aus dem Dunkel des Raumes. Doch alle Augen richteten sich interessiert auf die Tür, als von weitem die Stimme Joseph Bladers vernehmlich wurde und langsam herandonnerte. Herein kam die massige und brüllende Gestalt dessen, der sich vorgenommen hatte, zu zahlen und anzuschaffen.
-"Ja, wo sind wir denn." Seine Geduld war erschöpft. -" Nix is fertig! So eine Schlamperei. Und der macht extra von allem das Gegenteil, was ich sage. Die Textschildchen hängen viel zu tief! Ich hab's ihm gesagt, dem Hanswurscht. Keiner, keiner kann so was lesen." Er spürte die Spannung, fühlte die plötzliche Stille und sank vor einer der abstrakten Ikonen auf die Knie. Nur so konnte man die kleinen Schildchen entziffern, die Sturm mit Absicht so angebracht hatte, dass alte Leute sie nicht sehen und dass vor allem er, Blader, sie nicht würde lesen können.
Noch beim Rückzug schimpfte er auf die roten Fahnen, die auf die Eröffnung seines Museums hinwiesen und die

wild in den Böen flatterten, die ums Haus pfiffen. Leeringer hielt ihm die Wagentüre auf und lief neben dem anfahrenden Benz her.
-"Bitte, ich verstehe Ihren Ärger. Aber bitte kommen Sie heute Abend. Wir können uns keinen Eklat leisten."
Als Antwort drang nur das Grollen aus dem Innern des Wagens, das mit dem Surren der Maschine verschmolz.
-"Überall diese Sozifahnen..."

Champagner

Die ereignislose Gesellschaft traf sich am Abend zu einem gesellschaftlichen Ereignis, wie es Kretingen seit der Renovierung des Eishockeystadions nicht mehr erlebt hatte. Durch die Halle drang Applaus und die Wahlkampfrede des Oberbürgermeisters, der sich zum Neubau, zum Stifter und zum eigenwilligen, dynamischen Direktor gratulierte. Was für ein Tag für die Gemeinde. Und ganz umsonst, da nimmt man doch gern ein wenig Kultur, denn auch der Wirtschaft wird es gut tun, wenn viele Fremde in die Stadt strömen, so wie seinerzeit die Pilger zum Grab der seligen Cretina, es lebe der Imagegewinn, der sich in barer Münze auszahlt, es lebe die positive Presse, die Kretingen haben wird, die neuen Investoren, der Tourismus, die durchgehend warme Küche, das Alpenpils, es lebe die Kunst.

-"Guck` dir das Pack an. Hier kannst Du nur was verändern, wenn Du mindestens zwanzig Leute über den Haufen schießt." Überrascht wandte sich Max zu der Stimme nach hinten um und sah in flackernde Augen hinter dicken Brillengläsern, in ein Gesicht, das ihm bislang in dieser Stadt nicht aufgefallen war. Nur aus Worten, aber doch befreiend war dieser Terroranschlag. Sofort fühlte er sich besser.

Das Attentat ging auf das Konto Karl Hubers, der über Max hinweg zum Rednerpult sah und in Gedanken nach Verona abschweifte.

Wenn er aus Verona zurückkam, dann fluchte Karl Huber noch mehr als gewöhnlich. Er flüchtete sich immer wieder aufs Neue nach Verona, atmete tief durch und kam fluchend zurück. In einem der kleinen, eingezwängten Häuschen dort hatte er ein Zimmer, gerade mal zwei Fenster breit, aber dafür gleich gegenüber der Arena. Den Luxus, nicht erreichbar zu sein, genoss er in vollen

Zügen. Die Morgensonne fiel auf sein Bett, die ersten Reisegruppen drängelten sich vor dem Eingang der antiken Stätte, wurden abgezählt, nochmals abgezählt und verschwanden im Bauch des Amphitheaters. Karl holte seine Klarinette heraus und spielte sich ein. Die Bars hatten lange schon geöffnet, Kellner wippten ungeduldig vor den Türen, und aus dem Hotel auf der anderen Seite des Hinterhofs, der jeden Laut wie ein Kamin in alle Wohnungen trug, drang das Weinen eines jungen Amerikaners, der sich mit den immer gleichen Worten die ganze Nacht von seiner Freundin getrennt hatte: "Fuck you, fuck you..." hatte er gebrüllt, angemerkt, gefleht. "Fuck you", über Stunden. Jetzt war er allein mit seinen Vorstellungen von einer Europareise. Karl Huber war von Beruf Klarinettist und blies kurzerhand einige Variationen über das Wimmern des Amerikaners. Die ersten Düfte der Mittagsküche stiegen zu ihm herauf.
Aber da, wo er nun saß, roch es nur nach schwerer Orgauer Bratensoße, die von irgendwo unter den Türen der Kretinger Mehrzweckhalle hereingekrochen kam, und Karl Huber wurde jäh aus seinen arkadischen Abschweifungen gerissen. Er sträubte sich gegen die Rolle des namhaftesten lebenden Kulturschaffenden seiner Heimatstadt, denn sie machte die Verleihung des nächsten Kretinger Kulturpreises an ihn unumgänglich. Vorne in der ersten Reihe war der Alte auf seinem Stuhl zusammengesackt, denn diesen großen Tag hatte er sich anders vorgestellt. Aber er schwieg. Und Alwine lächelte dem Oberbürgermeister zu, der gerade unter Applaus das Podium verließ, um Sturm eine Flasche Champagner zu überreichen. Max musste lachen, denn von hinten vernahm er ein leises, aber unüberhörbares "Fuck you".

Die Wochen vergingen mit Schweigen zwischen Blader

und Sturm; mit Beteuerungen des Stiftungsvorstands gegenüber Sturm, der Stiftungsvorstand stünde hinter ihm und mit der allgemeinen Hoffnung, der Alte werde bald abtreten. Die Herren und die Dame des Vorstandes waren unentschlossen.

-"Blader ist ein biologisches Problem," ließ sich da plötzlich ein Herr Ganter intern vernehmen. Roland Ganter. Er war als neuer Nachbar Bladers und als neuer Vorstand der örtlichen Sparkasse geradezu die Idealbesetzung für das Amt des kunstsinnigen Stiftungsvorstandes, und er hielt sich für die Nachfolge des armen Eddie Toller, mit dem es steil bergab ging, gern zur Verfügung.

Jetzt aber musste er das so harmonisch verlaufende Zusammentreffen der ehrenamtlich Kulturengagierten wegen dringender geschäftlicher Termine verlassen. Denn er hatte einigen Kunden der Sparkasse die Kredite gekündigt und eilte nun zu den Zwangsversteigerungen ihrer Häuser. Vermutlich ließe sich das eine oder andere Objekt günstig erwerben, und das Geschäft, dafür zeigte natürlich auch der Vorstand Verständnis, genoss Priorität. Ganter nickte aufmunternd, warf sich seinen Trenchcoat über die Schultern und schaltete sein Mobiltelefon ein. Ein letzter stummer Gruß in die Runde, eine Geste, die ein *Behalten Sie doch bitte Platz* meinen wollte, und er war hinausgeglitten. Ganter war auf dem Weg nach oben, das konnte jeder sehen.

Echte Probleme hatte dagegen Eddie Toller. Auch er sollte vor dem Ende der Sitzung den *Goldenen Hirschen* verlassen, aber sein Abgang war ein tragischer. Es gab nichts Aufregenderes für ihn, als mit der Propellermaschine über Luxor zu kreisen, seine guten Kontakte zur Leitung des Ägyptischen Museums in Kairo zu pflegen und im Roten Meer zu tauchen. Er schwärmte für dieses wunderbare Land, diesen idyllischen Polizeistaat, aus dem er die Kollektionen intensiver Parfums

mitbrachte, die seine Anwesenheit in Kretingen anzeigten. Auch sein Fünftausend-Liter-Salzwasser-Aquarium, das in seinem Anwesen gegenüber dem Kamin eine ganze Wand einnahm, bestückte er bevorzugt mit den Prachtfischen aus den warmen Fluten des Roten Meeres. Viel später, als aus nie geklärter Ursache die Frontscheibe platzte, ertrank Toller in seinem Wohnzimmer.
Der Tresor im Schuhgeschäft, genauer: der Inhalt dieses Tresors, jene Paraägyptika, die Toller anpries, hatten über die engen Fachkreise hinaus für Gesprächsstoff gesorgt, und so kam es, dass immer mehr Personen von Gewicht baten - hinter vorgehaltener Hand natürlich - ihre Namen nicht mehr mit dem Tollers in einem Atemzug zu nennen.
Geschäftstüchtig wie Toller nun einmal war, hatte er seinen Handel nicht auf Kretingen beschränkt und zusätzlich eine Münchner Galerie beauftragt, Interessenten für Katzenmumien, Skarabäen und Anubisstatuetten zu finden. Es dauerte nicht lange, bis der obskure Münchner Galerist auf dem Plan erschien. Durch Prozesse mit führenden Auktionshäusern hatte er sich einen Namen gemacht und Toller nun unbeabsichtigt nicht nur in Kulturkreisen den Todesstoß versetzt. Die zweifelhaften Antiquitäten des Galeristen erzeugten lange schon Unmut, denn er pflegte einen allzu ungezwungenen Umgang mit Belangen des Urheberrechts. Vor Gericht gezerrt, pochte er lautstark auf die alte Freundschaft zum Schuhhändler aus Kretingen, der ihn beliefert hatte. Peinlichkeit drohte und das Fluidum der Unseriosität. Nichts aber fürchtete man in Kretingen mehr als den spöttischen Blick der Hauptstadt auf die Possen der Provinz, und so musste gehandelt werden. Wäre Toller Schuhhändler geblieben, keiner hätte ihn behelligt, aber als Vorstand einer

Kulturstiftung? *Ich bitte Sie, meine Herren, das können wir uns nicht leisten,* das war die Essenz der blumigen Worte des Oberbürgermeisters. Man handelte schnell und vollzog einen Schnitt, der sauber sein wollte, ohne etwas zu bereinigen. Alles lief diskret, kein lautes Wort, und Toller legte aus beruflichen Gründen sein Ehrenamt nieder. Fortan würde er nur noch als Ehrenvorsitzender den Interessen der Stiftung dienen.

Lange noch stand der schwere ägyptische Parfumduft in den Räumen des *Goldenen Hirschen*, nachdem Toller das Feld geräumt hatte.

Jägerhumor

Äußerlich unberührt, sah Dr. Mayr der neuen Situation mit wechselnden Gefühlen entgegen. Mit seinen Nikotinfingern strich er sich durch das schwarze dichte Haar, zog sich seine Wanderstiefel an und nahm zwei Flaschen Bier aus dem Kühlschrank. Kurz darauf fand er sich wieder auf der holprigen Landstraße nach Mempfing. Immer, wenn er diese flatternde Verunsicherung spürte, fuhr er früher oder später auf dieser Straße. Er blendete die Scheinwerfer auf, als er das kurze Waldstück passierte und bog dann am Ortsanfang gleich scharf nach rechts ein, wo einige Mietblocks vor sich hingammelten. Sie sahen aus, als habe man sie in den Sechzigern dort abgestellt und vergessen. Langsam fuhr er eine Reihe von Garagen ab, bis er ganz hinten vor einem hellblauen Tor mit großen Rostflecken den Motor abstellte. Er wollte und konnte sich nicht mehr erinnern, wann er die Garage angemietet hatte, aber er brauchte sie gelegentlich. Nachdem er sich umgesehen hatte, schloss er das Tor hinter sich. Die Biere stellte er in die eine Ecke des abgegriffenen Sofas, auf das er sich fallen ließ und zündete eine alte Petroleumlampe an, die er einmal als Junge auf einer Baustelle geklaut hatte. Im Halbdunkel tauchten Kinderwagen auf. Der alte aus geflochtener Weide stand ganz nah bei ihm. Er brauchte nur die Hand ausstrecken, um ihn zu berühren. Mit zwei Fingern strich er vorsichtig über den Griff, der mit Bast umwickelt war, und fast augenblicklich stellte sich eine Ruhe ein, die ihm keine Meditation und kein Alkohol geben konnten. Dann erhob sich Mayr und sah sich in seinem Reich um. Blaugeblümt dämmerte ihm ein 80er-Jahre-Typ entgegen, den er kürzlich auf einem Flohmarkt erstanden hatte, gleich daneben wartete ein *Modell Bingo* mit Combidach und ein *Chico Magic 2000*.

Während er den Kronkorken des ersten Biers mit einem Feuerzeug aufhebelte, bewunderte er das Gefährt. Ein Schluck Bier und die Arbeit konnte beginnen. Mit wenigen geschickten Handgriffen hatte er den *Chico Magic* vor das Sofa rangiert und begann ihn zu zersägen. Das Knacken der Äste unter seinen schweren Schuhen erhöhte die Spannung, die ihm noch jedesmal die Arbeit versüßt hatte, wenn er seine Kinderwagen im Wald vergrub. Der Duft nach Moos war wie eine Droge. Nun ließ es sich freier atmen. Noch ein wenig Laub über das Grab, ein paar Zweige, und wieder gab es ein Geheimnis mehr im Kretinger Forst.

Simon sah in den Spiegel und fuhr sich mit der Hand über das frisch rasierte Kinn. Ein großer Diplomat war er nicht, aber er konnte, wenn es ernst wurde, eine Unverbindlichkeit zur Schau stellen, die er nun als wirkungsvolle Waffe gegen Blader einzusetzen gedachte. Was glaubte dieser verbohrte alte Sack eigentlich, wer er war. Sturm hob sein Glas und prostete sich zu. Er war entschlossen, mit scheinbaren Zugeständnissen den trägen Vorstand einzuschläfern. Nur bei der Kunst würde er hart bleiben. Und da lag das Problem, denn die jeweils folgende Ausstellung würde immer offenbaren, dass nach hohler Rhetorik das Erwachen noch böser ausfiel, denn Kunst kannte keine Diplomatie. Jawlensky war als entartet tituliert worden, aber an entartete Kunst hatte man sich ja nun auch in Kretingen fast ein Jahrhundert lang gewöhnen können. Also trug man die erste Ausstellung noch mit Fassung. Was folgte, war jedoch ein Schlag ins Gesicht der Provinz.
Simon von Sturm war in einer Pause der Vorbereitungen vor das Museum getreten, um dem Pianisten, der zur Eröffnung der neuen Ausstellung spielen sollte,

Gelegenheit zu geben, einige Minuten den geliehenen Flügel zu testen. Er lehnte an der Glasfront und betrachtete das Nachlassen des Lichts. Erst sah er nur den Hund, der an langer Leine um ein Stadtbefestigungsrestgemäuer herum auf den Museumsplatz schwänzelte. Die Nase in der Pisse seiner Vorgängerhunde. Dann tauchte am Ende der Leine Leeringer auf. Nur so, um schon einmal zu sehen, ob man nicht Schadensbegrenzung betreiben könne. Denn die kommende Ausstellung, soviel hatte sich herumgesprochen, schien eine Provokation zu werden.

-"Kommen Sie zur Eröffnung, lassen Sie sich überraschen. Vertrauen Sie mir."

Sturm hinderte den Ankömmling, das Haus zu betreten. Leeringer nickte nur traurig und steckte die Hände in die Taschen seines zerknitterten, bordeauxroten Blousons.

Nun standen die beiden wortlos im Grau. Auch der Spitz war still und schnupperte vorsichtig am Hosenschaft des Fremden. Ein paar Sterne flimmerten schon aus dem erlöschenden Himmel herab. Und plötzlich hörte man das Rauschen der Wildach nimmer, weil aus dem offenen Giebelfenster des kleinen Hauses eine leidenschaftliche Flut von Klängen in den dunklen Abend hinausschwoll. Die beiden auf der Straße schienen von dieser klingenden Sehnsucht nicht viel zu merken. Schweigend sahen sie einander an.

Die Münchner kommen nach Haar, die Frankfurter nach Idstein. Wenn man im Orgau lebt, dann kommt man nach Kretingen. Vor der psychiatrischen Klinik hatte sich im Nieselregen ein Häufchen Demonstranten eingefunden, die im Auftrag einer amerikanischen Sekte Flugblätter verteilten. Müde skandierten sie *Die Klinik muss fort, Psychiatrie ist Mord* und schwenkten Transparente. Ihr

Sektenführer hatte selbst lange Zeit in einer solchen Klinik verbracht und aus seiner Ablehnung sprach Erfahrung, wenn er auch zu Verallgemeinerungen neigte und alle, auch vergleichsweise progressive Kliniken wie die in Kretingen, über einen Kamm scherte. Seinen Anhängern hatte er aus der Ferne mit einem Schreiben Mut gemacht. *Hallo!* hieß es da. *Wisst ihr, bei Eurem Erfolg in Deutschland wird mir wirklich ganz warm ums Herz. Deutschland war in den bösen alten Tagen die Heimat der Psychiatrie und Psychologie. Und diese breiten sich auf der ganzen Welt aus und sind munter dabei, den Menschen nichts Gutes zu bringen. Und wo seid Ihr? Ihr seid mitten im Herzland und bahnt Euch Euren Weg. Ihr erschafft eine Insel der Freundlichkeit, des Anstands und der Zuflucht. Irgendwann in der Zukunft werden die Inseln zum Ozean werden.*
Das Studium des Verstandes und die Heilung geistiger Krankheiten sind nur in religiösen Gebieten zu dulden, davon war die Sektenführung überzeugt. Kretingen, so musste man annehmen, war folglich der ideale Ort fürs Denken und Heilen. Katholisch bis ins Mark. Aber Katholizismus war für die Glaubensbrüder und Glaubensschwestern aus der neuen Welt natürlich keine Religion, denn der Katholizismus ermöglichte keine perfekt funktionierenden Menschen, und seinen Anhängern gelang es nicht, Probleme einfach durch ihre Betrachtung zum Verschwinden zu bringen.
Was bitte war das also für eine Religion? Katholizismus. Ein trauriges Volk, die Katholiken. Müde, träge, kreuzzugsunfähig. Die Sekte dagegen befand sich auf dem Vormarsch für totale Freiheit und totale Disziplin und sie stand kurz vor der Befreiung von der Gesamtzeitspur.

Im Orgau war Wahlkampf, die Stimmung angeheizt und günstig für ein Politikum. Auch Rinz konnte sich das nicht

entgehen lassen. Als er am Abend seinen Bungalow betrat, war das Nachtessen bereits serviert.
-“Heute war wieder ein Tag.“ Ein Knödel rollte in die dunkle Bratensoße. “Diese Sekte war da. Du weißt schon, die müssen aufs Schärfste bekämpft werden.“
Die Frau führte ihre Serviette zum Mund, polierte dann an der Tischdecke die Klinge ihres Messers und zog besorgt die Brauen hoch.
-“Denk an den Wahlkampf, Hase ...“ Rinz sah auf seinen Bauch herab, als erwarte er von dort Bestätigung.
-“Du hast Recht. Ein gutes Wahlkampfthema. Niemand will die kriminellen Psychopathen in der Stadt. Gut. Richtig. Und die Kindesmisshandlungen der letzten Zeit, wer will das schon. Natürlich hat diese Sekte Recht: Die Psychiatrie muss weg aus Kretingen, es gibt genug Alte, genug Ausländer, da brauchen wir nicht auch noch die Behinderten. Aber man darf denen dieses Argument nicht überlassen, es muss vernünftig vertreten werden. Weg mit der Sekte, weg mit der Psychiatrie und her mit einer schlanken Verwaltung.“
Das so vertraute verständnisvolle und wortlose Nicken seiner Frau erfüllte ihn mit einem warmen Gefühl der Zufriedenheit. Sie hatte den Tisch abgeräumt und ihm ein Weizenbier eingeschenkt, das er auf dem Weg zur Couch mit einem langen Schluck zur Hälfte leerte. Rinz sah sich im Couchtisch, als er sich über ihn beugte, er sah sich in der nächtlichen Fensterscheibe, sogar in den Fliesen der resedagrünen Küchenzeile und nickte sich freundlich zu. Die Hochglanzneurose seiner Frau ermöglichte ihm ständige Selbstkontrolle, die ein erfolgreicher Politiker so dringend brauchte. Als er die Rollläden herunterlies, dabei einen letzten Blick hinaus auf den ausgestorbenen Adalbert-Stifter-Weg warf und zu Bett ging, hatte er im Geiste die Wahl schon gewonnen. Er dachte an seinen letzten Urlaub auf Bali und den kommenden in

Thailand, an die Schönheiten dieser Länder und die Freundlichkeit der Menschen gegenüber Fremden. Mit einem schnellen Griff angelte er sich eines der Witzbücher, die er sich bereitgelegt hatte und las seiner Frau wie jeden Abend ein wenig daraus vor. Es waren drei kapitale Werke, Prunkstücke seiner Sammlung, die im matten Licht der Nachttischlampe auf ihn warteten. Besonders stolz war Rinz auf die Erstausgabe von *Jägerhumor* aus dem Jahr Siebenundvierzig und auf die Sammlung *Lach mal wieder!* des Bayernland-Verlags Dachau, die er antiquarisch erworben hatte. Jetzt gelüstete es ihn jedoch nach Anspruchsvollerem. Um sich auf seinem Sammlungsgebiet ein wenig fortzubilden, bezog er seit Weihnachten ein Abonnement der historischen Zeitschrift Witzkultur. Mit dem ersten Band *Humor mit Homer* wollte er sich ein wenig vom Tagesgeschehen ablenken, aber es fehlte ihm an Konzentration. Die trockene Luft der Zentralheizung und das leise, aber unregelmäßige Schnarchen neben ihm ließen alle Zufriedenheit, die er noch vor wenigen Minuten empfunden hatte, zerrinnen. Mit geschlossenen Augen versuchte er erneut an die Schönheiten Balis zu denken, aber die grazilen, braungebrannten Körper erregten ihn und er konnte keinen Schlaf finden.

Chianti

Die Fraktion der Heimatvertriebenen war stark in Kretingen, und es gab für sie ein Thema, bei dem ihr Mangel an Humor sich bis zur völligen Negation steigern konnte. Dieses Thema hieß Heimat. Heimat war für sie nicht das Gefühl der Verwurzelung an einem Ort, der ihr Leben geprägt hatte, denn die Vertreibung lag nun bereits fünfzig Jahre zurück, und nur die Alten pflegten noch eine ferne Erinnerung an das Land der Sudeten, Heimat war das Gefühl der Unversöhnlichkeit mit denen, die sie aus ihrem einstigen Besitz vertrieben hatten. In dieser Unversöhnlichkeit waren sie seither zu Hause und fühlten sich wohl dort.

Ob in Verkennung der Lage oder aus Lust am Rumoren, Simon von Sturm hatte zur Eröffnung einer Ausstellung geladen, die dem Erbauungsanspruch, den man von der Kunst erwartete, in allen Aspekten zuwiderlief. Das Thema war Heimat, und zu Heimat fiel den Kretingern nun einmal nicht viel mehr ein als Hass und der Kretinger Forst.

Sturm dagegen konnte sich keinen besseren Ort denken, um das Thema in aller Breite zu präsentieren. Die Provinz schrie in seinen Augen nach einer solchen Ausstellung, und er war ganz verliebt in den Gedanken, seinen *Bildungsauftrag*, den man ihm als Leiter einer Kultureinrichtung erteilte, auch zu erfüllen und den Heimatvertriebenen für einige Wochen eine andere Heimat zu zeigen. Er hatte einen Friseurbesuch hinter sich, hatte sein weißestes Hemd gebügelt und seinen Armani-Anzug aus dem Schrank geholt. Er ließ es sich nicht nehmen, seine Gäste, die ins Foyer strömten, persönlich zu begrüßen. Der Andrang war beachtlich, der Wein war gut und auch der Vorstand war vollzählig erschienen.

Blader schien bester Laune. Der Nachmittag hatte ihm einen seltsamen Anruf beschert. Dreizehn Jahre hatte er nichts von diesem verkommenen Mark gehört, diesem Drogendealer und Ruhestörer, und nun kam ein Anruf aus Argentinien. Rechtfertigungen hatte Mark aufgefahren, Verteidigungen, Selbstvorwürfe, um sich am Ende mit bewegter Stimme für alles zu entschuldigen, was er Blader und der Familie angetan hatte. Mark war nun Vater eines elfjährigen Knaben, der noch nie die Heimat hatte sehen dürfen. Aber nichts, so hatte Mark am Telefon geheult, nichts wünsche sich der kleine Ronaldo mehr, als einmal das Orgau zu sehen.
Nun aber war Blader im Museum. Es war Sturm doch tatsächlich gelungen, eine Stimmung zu erzeugen, die selbst den größten Skeptiker vorübergehend zum Schweigen brachte. Und die Freunde seiner Ausstellungsideen, eine verschworene Splittergruppe, die von frischem Wind träumte, hatte ein Leuchten in den Augen. Unter Neonröhren hingen Bilder von Ruinen von Sozialbauten, Portraits von Emigranten, Ansichten von durch Tourismus zerstörten Winterlandschaften und Fotografien eines misshandelten, nackten Knaben. Man sah sein lautes Weinen, und der verwischte Schrei schien den Raum zu erfüllen. Es waren alte Fotografien, aufgenommen im Jahre 1944 von Ärzten in der Klinik Kretingens, die den Tod eines Menschen im Dienste der Wissenschaft für alle Zeit fixierten.
Die Fotos hatte der neue Klinikchef einer Künstlerin überlassen. Warum, um Gottes Willen, konnte man die Vergangenheit nicht endlich in den Archiven ruhen lassen! Wo sollte das hinführen, wenn selbst die Ärzte heute mit den Künstlern unter einer Decke steckten. Wer von den Kretingern wollte sich an diese dunkle Zeit erinnern! Es war unerträglich. Aber auch an diesem Abend blieb die Belästigung durch die Erinnerung nicht aus. Die

Vergangenheit sollte nicht zur Ruhe kommen. Denn nun ruhte der trübe Blick eines alten Mannes auf den Bildern. Er räusperte sich kurz.
-“Am 8. August 1944 am Nachmittag“, sagte er halblaut zu seiner Begleiterin, “schenkte er mir im Garten der Anstalt ein Bild von sich mit der Aufschrift Zum Gedenken. Ich war sein Lieblingspfleger. Ich habe ihn gefragt, warum er mir das Bild schenkt. Er lebe doch nicht mehr lange, hat er gemeint, aber er möchte sterben, solange ich noch da wäre, weil er dann wüsste, dass er schön eingesargt würde. - Sie haben ihm am nächsten Morgen Luminal ins Essen getan.“ Der gedämpfte Ton, in dem diese Worte im Raum standen, erregte die Aufmerksamkeit einiger Besucher, die sich mit einer kaum merklichen Drehung der Schultern abwandten. Man musste ein wenig Feingefühl zeigen. Die Familien der Leute, die tödliche Begriffe wie Hungerkostkonferenz und Fortpflanzungsgefährlichkeit erfunden hatten, lebten schließlich noch unter ihnen.
Freunde konnte man sich in Kretingen mit Worten, wie sie der alte Pfleger aussprach und Bildern, wie sie die Mörder aufgenommen hatten, nicht machen. Euthanasie statt Waldesrauschen - Belästigung statt Amnesie. Und dennoch lag ein Strahlen auf Alwines Zügen, als sie zu Sturm trat.
-“Meinen Glückwunsch, Herr von Sturm, meinen Glückwunsch“, hörte er sie hinter sich. “Ganz ausgezeichnet. Und Sie sehen heute auch so aus, wie man sich das immer wünschen würde.“ Kaum hatte Sturm ihre knochige Rechte losgelassen, stand Blader vor ihm.
-“Jetzada!“
Sturm war sich nicht sicher, was genau Blader ihm damit sagen wollte. Das Gefühl für die Nuancen des Orgauerischen würde ihm immer fehlen.
-“Jetzada!“

War es dieses affirmative *Nun hast Du es ja tatsächlich noch geschafft, dich so klar auszudrücken, dass auch ich verstehe, worum es geht Jetzada*, oder doch eher ein derberes *Jetzada* im Sinne von *Na endlich kapierst auch Du Depp, wie der Hase läuft!*
Blader hatte seinem Direktor gleich angemerkt, dass der mit seiner knappen Äußerung überfordert war und ließ eine ihm angemessen erscheinende Übersetzung in die Hochsprache folgen.
-"Ich habe es Ihnen angesehen. Meine Frau hat schon alles gesagt, was es zu sagen gibt. Kompliment. Gute Atmosphäre, gute Resonanz. Wo ein Wille ist, ist auch ein Weg."
Sturm bedankte sich höflich und fand keine Zeit, sich über dieses unerwartete Lob lange zu wundern, denn die Eigentümerin der einzigen Kretinger Galerie, die Objekte unter dem Motto *Kunst mit der man leben kann* anbot, hatte seine Hand ergriffen, um sie nicht mehr loszulassen. Es war heiß und stickig, die Herren lockerten ihre Krawatten und alle versuchten, ihre Getränke mit in die Ausstellungsräume zu schmuggeln, um sich zwischen den Emigrantenportraits zu erfrischen. Trotz ihres folgenreichen Leserbriefes hatte sich auch Frau Wannstätter ins Museum vorgewagt. Größe wollte sie zeigen und stand nun mit Tilly Schmücker, der Chefsekretärin des Oberbürgermeisters vor den Ruinenbildern.
-"Wer ist denn der attraktive Kerl dort drüben? Der Blonde?", deutete sie ein Flüstern an. Tilly Schmücker verzog nur ihren Mund zu höhnischem Spott.
-"Der gefällt Ihnen, was? Leider schon vergeben ... Der Lebensgefährte von Herrn von Sturm." Wobei sie das Wort Lebensgefährte ein wenig über Gebühr dehnte. Ein wissendes Nicken war die Antwort.
-"Warum sind alle interessanten Kerle unglücklich veran-

lagt?“ Frau Wannstätter schüttelte den Kopf. “Wo soll das hinführen. Die guten Männer werden aussterben, sie pflanzen sich nicht fort. Die normalen Männer sind alle so normal.“

-“Das liegt daran, dass Homosexualität nicht mehr verfolgt wird, verstehen Sie. Früher haben die interessanten Schwulen heiraten müssen, um nicht aufzufallen, und haben Kinder gezeugt, sie haben sich fortgepflanzt, und so gab es immer wieder auch mal interessante Normalmänner, die Nachkommen von denen, verstehen Sie, aber heute ...“ Beide blickten mit gespieltem Selbstmitleid auf Max, dem Karl Huber gerade freundschaftlich auf die Schulter klopfte.

-“Du hast zwei neue Verehrerinnen!“ prustete Huber laut durch die Halle. Max sah sich um und entdeckte die Damen.

-“Die sehen mich an als wär ich ein eiskaltes Glas Champagner“, flüsterte er.

Noch bevor sie sich peinlich berührt abwenden konnte, trat Leeringer zu Frau Wannstätter.

-“Guten Abend. Eine Ewigkeit haben wir uns nicht gesehen.“ Er streckte ihr die Hand hin und machte ihre Verwirrung komplett. Nach kurzem Zögern überwand sie sich, drückte kurz seine Finger und wandte sich zum Ausgang. Leeringer machte für einen Augenblick einen überraschten Eindruck, denn er hatte noch nie verstanden, warum ihm, der doch niemand etwas zu Leide tat, jemand böse sein konnte. Die Menschen, dachte Leeringer, waren so ungerecht, und wenn er angegriffen wurde, war er immer das Opfer von tiefgreifenden Missverständnissen. Natürlich war er als Architekt und Stiftungsmitglied des Museums für die Dinge, wie sie sich hier ereigneten, maßgeblich verantwortlich, aber dafür, dass Herr Wannstädter den Rotary-Club hatte verlassen müssen, dafür konnte er nun wirklich nichts, auch wenn er davon profitierte. Aber mit solchen Missverständnissen musste man leben, das war Leeringers Schicksal, und heute, an diesem erfolgreichen Abend, würde er sich die Stimmung nicht verderben lassen.

Da legte Blader ihm die Hand auf die Schulter, und es dauerte nicht lange, bis er Leeringer von der Notwendigkeit überzeugt hatte, eine Seele für Bayern zu retten. Vier Wochen wäre der kleine Ronaldo Leeringers Gast.

-“Nur über die Ferien,“ versicherte Blader.

Auch Leeringers Kindern könnte ein wenig Kontakt zur großen Welt nicht schaden, dachte er, diesen blassen, mehligen Würmern, die er nur mit klebrigen Zuckerschnauzen oder Händen kannte, die hinter den traurigen Zypressen in Leeringers Garten nach Regenwürmern scharrten, um sie zu vierteilen. Das aber behielt er für sich.

-“Südamerika! Ich bitte Sie, da ist doch bald ein Gegenbesuch fällig. Wer viel reist, der lernt die Heimat erst wirklich schätzen.“

Leeringer nickte. Man würde Ronaldo willkommenheißen, doch jetzt war es Zeit zu gehen. Diese Vernissagen, immer zur Zeit des Abendessens, brachten ohnehin den Tagesablauf durcheinander. Es war Zeit für ein spätes Mahl und Leeringer steuerte zur Tür.

Keiner hatte gegen Sturm und seine Ausstellung den ersten Stein geworfen, die Kritiker hatten den Atem angehalten, um sich nicht als Spielverderber zu exponieren und gegen Mitternacht verließen auch die letzten Gäste gutgelaunt das Museum.

Blauduftiger Schatten wehte unter den Bäumen, und überall zwischen den hohen Wipfeln spiegelten die Sonnenlichter herein wie Grüße einer helleren Welt. Lautloses Träumen. Manchmal das leise Pispern der kleinen Vögel. Irgendwo in der Tiefe des Waldes scheitete ein Specht; wenn er sein Hämmern einstellte, klang ein langgezogener, melancholischer Ruf, als hätte der Wald in seiner grünen Freude auch einen Schrei des Schmerzes ... Das Telefon piepte eine knappe elektronische Melodie, Sturm ließ das Buch sinken und das Schweigen im Walde, wie es Ganghofer so stimmungsvoll beschrieben hatte, fand ein jähes Ende. Am Apparat war der Oberbürgermeister.

-"Sie machen sich selbst das Leben schwer", dröhnte es Sturm entgegen. Die Stimme von Rinz drang durch die Leitung und füllte, nachdem Sturm den Hörer auf seinen provisorischen Schreibtisch gelegt hatte, die kleine Kammer.

-"Täglich beschweren sich Leute hier über Sie. Jeden Tag muss ich mir das anhören, wir haben sie nicht geholt für das da, für den Mist, den Sie zeigen. Kunst kann man das wohl nicht nennen. Die Leute weigern sich, ins Museum zu gehen und, das sage ich Ihnen in aller Deutlichkeit, die Leute haben Recht. Außerdem sollte doch eines klar sein..."

Sturm griff nach dem Hörer und räusperte sich kurz.

-"Ich dachte, die Ausstellung hätte gefallen. Warum trauen sich diese Leute nicht direkt zu mir? Können Sie sich das erklären? Gibt's sie vielleicht gar nicht, oder sind die einfach zu feige, mir ihre Meinung direkt ins Gesicht zu sagen? Schicken Sie sie das nächste Mal doch einfach zu mir, dann kann ich mit ihnen reden, das scheint mir sinnvoller, als wenn Sie versuchen, ihnen Kunst zu erklären. Wer sind denn diese *Leute?*"

-"Sie brauchen sich wirklich nicht zu wundern. Mit Ihrer Arroganz werden Sie es noch weit bringen, da bin ich mir sicher."

Für einen Moment wünschte sich Sturm, dieses Arschloch am anderen Ende der Leitung würde über

seinen Perserteppich stolpern und sich mit der Telefonschnur strangulieren.
-"Sagen Sie nicht, Sie haben meine Frage nicht verstanden. Wer sind denn diese Leute? Solange die nicht den Mumm haben, ihren Namen zu nennen, werde ich allerdings so arrogant sein und sie ignorieren. Anonyme Kritik landet bei mir da, wo sie hingehört: im Müll."
-"Wenn Sie meinen, dass Sie sich das leisten können. Tun Sie, was Sie nicht lassen können. Herr Blader hat sich mit den Leuten unterhalten und ist ziemlich entsetzt über die Ausstellung, der Künstlerstammtisch macht Front gegen Sie, ein Mann, auf dessen Meinung zur Kunst man was gibt in Kretingen, hat es auf den Punkt gebracht..." Rinz bellte durch die Leitung. "Es ist der erbärmliche Versuch, an der Qualität vorbei nach oben zu kommen, was Sie da zeigen. - Eines sollten Sie wissen: Die Leute, die sich für Sie stark machen, haben es immer schwerer in Kretin..." Mit einer eleganten Bewegung hatte Sturm den Hörer auf die Gabel gleiten lassen. Wenn es noch irgendwelche Zweifel gegeben hätte, wo Rinz stand, dann wusste Sturm spätestens nach dem letzten Satz, worauf er sich einstellen musste, denn Rinz war Politiker. Das hatte Sturm in seiner Verblendung übersehen.
Für diesmal hatte er genug. Er machte Feierabend und war für niemand mehr zu sprechen.
Schon als er das Haus betrat und den *Orgauer Volksfreund*, den er nun doch noch abonniert hatte, aus dem Kasten zog, hörte er die Bässe, die zu ihm herunterschepperten. Die Wohnungstür vibrierte und als er eintrat, roch er sofort das gute Gras, das Max zelebrierte. Auf dem Rücken liegend und alle Viere von sich gestreckt, hatte er dazu bereits eine Flasche chilenischen Cabernet geleert.
Simon entkorkte eine zweite Flasche. Ich habe einiges

aufzuholen, dachte er und drehte die Musik lauter. Er war schnell betrunken, die dritte Flasche erreichte er dennoch mühelos. Zielsicher peilte er den Kühlschrank an und stellte mit Genugtuung fest, dass auch noch Härteres kaltstand.

Die Kraft der Liebe

In goldenen Zeiten, in Zeiten einer aufflackernden Euphorie, die nun lange schon erloschen war, hatte Rinz das Bundesverdienstkreuz für den Alten beantragt. Und nun, da Joseph Blader nur noch ein lästiger Greis war, musste Rinz Zeuge werden, wie die Auszeichnung verliehen wurde. Die Mühlen der Instanzen arbeiteten langsam. Aber irgendwann rieselte selbst in Kretingen der feine, weiße Staub zwischen den Mühlsteinen der Demokratie hervor.

Täglich war mindestens ein Foto von Rinz im *Volksfreund*, darauf legte er als Oberbürgermeister Wert, damit niemand vergaß, wie er aussah. Medienpräsenz war das Zauberwort des Erfolgsmenschen. Doch diesmal hielt er es für klüger, sich nicht mit dem Geehrten ablichten zu lassen. Blader hatte seine Schuldigkeit getan und der Oberbürgermeister gab ihm, ganz im Vertrauen, den Rat, sich einfach aus allem herauszuhalten, wenn er es vermeiden wolle, sich zu ärgern.

Blader war ohnehin am Ende seiner Kräfte. Warum, dachte er, sollte er nicht für einige Zeit den Rat des Oberbürgermeisters befolgen. Alle in Sicherheit wiegen. Also zog er sich zurück in seinen Garten, wo er sich als Maulwurfschädelspalter betätigte. Und nur sein Name auf grün-schwarzen Balken blieb und zierte fast jede Baustelle der Region.

Das Bundesverdienstkreuz war ein guter Abgang. Blader hatte noch einmal seinen Auftritt. Zur kleinen Feierstunde im Museum waren außer Rinz auch Leeringer, Alwine, ihre beiden Töchter und sogar Sturm erschienen, der seltsam verquollen aussah und seine geröteten Augen auf den Ministerialbeamten richtete, dem sie nun alle lauschten und dessen Erscheinung an die kleinen, resedafarbenen Haarwaschmitteltütchen in Mittelklassehotels erinnerte, aus denen sich nach dem Aufreißen eine milchige, parfümierte Substanz ergießt.

-"Herr Joseph Blader hat sich in herausragender Weise um diese Stadt verdient gemacht", begann er mit Nachdruck. "Nicht nur sein einzigartiger wirtschaftlicher Erfolgskurs, der vielen Hunderten von Bürgern dieser Stadt Arbeit und Zuversicht gegeben hat, sondern auch die Altstadtsanierung und die lebenswichtigen Spenden an das Altenheim sollen hier Erwähnung finden. Er hat verstanden, dass der Staat nicht alles regeln kann und auch nicht alles regeln sollte, und er hat schließlich in vorbildlicher Art ein Zeichen des Bürgerengagements und des Bürgerstolzes gesetzt: Ihr Kunstmuseum, meine Damen und Herren. Kunst bedarf der Pflege wie die Tradition, gerade in einer Zeit, in der das Modewort von der multikulturellen Gesellschaft die Runde macht. Kunst, auch das hat Joseph Blader verstanden, kommt von Können. Und Kunst hat die Aufgabe, die Sinne zu erfreuen, das haben leider viele Künstler noch nicht begriffen. Aber, das kann ich Ihnen versichern, auf lange Sicht setzt sich Geschmack immer durch, und Bayern ist ein Kulturstaat, nach seiner Verfassung und nach den Worten unseres Ministerpräsidenten." Während die Worte über das Pult quollen, konnten die Zuhörer beobachten, wie die Blumen, die zu beiden Seiten drapiert worden waren, zu welken begannen. In die Vasen kam Bewegung, die Stängel streckten alle Blätter von sich und die Köpfe neigten sich vornüber, wie in ehrfürchtiger Verbeugung vor dem Stifter.

-"Sie, Herr Blader", fuhr der Ministerialbeamte fort, "stehen mit Ihrem Museum noch am Anfang, aber ich bin sicher, dass Sie schon bald Ihre erste Ausstellung mit Werken unserer großen deutschen Künstler, wie Rembrandt oder die Impressionisten, eröffnen werden. In diesem Sinne möchte ich Ihnen für Ihr Lebenswerk im

Auftrag unseres Bundespräsidenten das Bundesverdienstkreuz erster Klasse verleihen.“ Verhaltener Applaus, Gratulationen, Sekt. Und dann, vor aller Augen, wandte sich Blader mit einem kurzen Ruck seiner Körpermasse an Sturm. Die kleinen wässrigen Augen fixierten sein Gegenüber und jeder konnte das asthmatische Hecheln hören.

-“Wenn Sie nicht mehr Erfolg haben - ich bring Sie um.“

Rinz hielt die Luft an und wünschte sich, Sturm würde einmal auf eine Entgegnung verzichten. Aber Sturm konnte nicht schweigen.

-“Meinen Glückwunsch“, flüsterte er.

Es waren von da an nur Minuten, bis er im Auto die Stadtgrenze passierte. Er atmete auf, als ihm der rote Diagonalbalken auf dem Ortsschild das Ende Kretingens versprach. Die Sonne wärmte schon ein wenig und er warf sich flach auf die Wiese. Die Augen auf Grashöhe, beobachtete er lange das Zittern der Halme, die im Sonnenlicht glänzten. Der Geruch von Gras und Erde stieg ihm in die Nase. Seit einer Ewigkeit fühlte er wieder einmal seinen Körper, hier auf dem weichen prickelnden Grün. Er hob die Augen und sah in der Ferne die klare blaue Linie der Alpen. Das Braunvieh läutete den Abend ein. Almauftrieb. Almauftrieb, dachte Simon.

Der Alltag nahm seinen Lauf, wohldosiert und behäbig, und doch gab es ein Ereignis, auf das sich die fünfzig Musikfreunde Kretingens freuen konnten, denn der Klarinettist und designierte Kulturpreisträger Karl Huber gab ein Konzert im Museum, und er hatte Erfolg. Das war keineswegs selbstverständlich. Denn bis zur Eröffnung des neuen Museums ging alle Kultur vom Kulturring aus. Es war schon vorgekommen, dass der Blasebalg der Orgel zerschnitten wurde, um ein Konzert in St. Michael

zu verhindern, das nicht vom Kulturring ausging. Nun gab es aber das Museum, und Huber sah dort die Chance, es seiner Heimatstadt heimzuzahlen.
Karl Hubers Erfolg reichte weit über die engen Grenzen der Stadt hinaus, genauer gesagt, er hatte weit außerhalb der Stadt seinen Anfang genommen und ließ sich inzwischen auch innerhalb Kretingens nicht mehr übersehen. Der Abend verlief brillant. Ausverkauftes Haus. Ein bemerkenswertes russisches Streichquartett begleitete den Solisten. Die Saaltüren wurden geschlossen, einige Gäste räusperten sich noch einmal, dann erklang Mozart.
-"Wie schön!", flüsterte Frau Rinz ihrem Mann zu, der im Programm blätterte.
-"Mozart. Quintett für Klarinette. A-Dur, Allegro", kam leise die Antwort. Sie lächelte, nickte und legte für einen Moment ihre Hand auf seinen Arm.
Es gab für diesen Erfolg nur eine Erklärung.
Wenn ein Konzert in Kretingen gut organisiert und der Interpret eine erfolgreicher Kretinger war, dann mussten böse Mächte, die Mafia, eine Sekte, in diesem Fall *die* Sekte, dahinterstecken. Schließlich hatte jeder davon gehört, wie gut die Sekte ihre Mitglieder steuerte, unterstützte und von sich abhängig machte. Mancher Unternehmer erblasste da neidvoll.
Bereits wenige Tage später war allen klar: Huber war Mitglied. Und Sturm, dem war ja ohnehin nicht zu trauen. Selbst im Cretinakloster tuschelten die Nonnen bereits über seine Zugehörigkeit zur andern Fakultät. Bis in die Landeshauptstadt war die Kunde gedrungen, er verbringe seine Tage ausschließlich damit, Kaffee zu trinken oder in den Kellerräumen des Museums Minderjährige zu verführen. Was sollte bei einer solchen Kulturallianz herauskommen. Das, was die Hubers und Sturms Kultur nannten, war unmoralisch, subversiv, verkommen.

Bestenfalls multikulturell. Blaskapelle, Tradition und Fledermaus blieben Fremdworte für diese Herren.
Die Jugend der Stadt führte man Simon von Sturm zu, unschuldig und arglos trieb man sie in die Arme dieses Subjekts. Die Schwestern des Cretinaordens beteten für die gepeinigten Seelen, denen der Museumsdirektor die Sinne verwirrte und das Tor zur Hölle aufstieß. Sie schlossen die hilflosen Kreaturen, die ahnungslos und blind am Abgrund standen, in ihre Fürbitten ein, und schon bald hörte man von einem ersten Opfer, einem siebzehnjährigen Knaben, der ausgezehrt von der satanischen Sünde, fiebernd in seinem Bett phantasierte. Er musste das Unaussprechliche getan haben, denn er war zu keiner Beichte mehr fähig. Er war verloren und sein flackernder Blick in seinem hageren Gesicht, das noch die goldenen Engelslocken seiner unbeschwerten Kindheit umspielten, kündete bereits von den Feuern der Verderbnis.
Schütze unsere Gemeinde, erbarme Dich und befreie uns von dem Übel. Mit Inbrunst bildeten bereits vor Sonnenaufgang die Lippen der Cretinanonnen stumm die Worte, wenn sie vor dem gläsernen Schrein auf die Knie sanken, in dem die skelettierte Selige in ihrem zerschlissenen weißen Gewand ruhte wie ein vergessenes Schneewittchen. Irgendwann würde sie ihnen noch das Wunder schenken, eine weinende Statue, die Aufer- stehung eines Toten, eine mystische Verwandlung von Wein in Alpenpils.

Unterdessen tobte der Wahlkampf, soweit etwas toben konnte im Orgau, und Rinz fühlte sich in seinem Element. Mit drei schnellen Schritten war er aufs Podium der Mehrzweckhalle gesprungen und genoss seine Rede vor den lieben Kretingerinnen und Kretingern.

-“Meine lieben Kretingerinnen und Kretinger. Geht es um Soziales, bin ich ein Roter, geht es um Umwelt, bin ich ein Grüner, geht es um Wirtschaft, bin ich ein Schwarzer.“ Das, so dachte Huber, der sich unter das Publikum gemischt hatte, war wohl auch ein Grund, warum sich in Kretingen nichts bewegte. Während seiner fünfjährigen Amtszeit hatte Rinz ein Unternehmen mit vier Arbeitsplätzen für Kretingen gewonnen, acht Kilometer neue Fahrradwege bauen lassen und Container für Asylbewerber geduldet. Eine stolze Bilanz. Die drei Schlagzeilen, die in dieser Zeit in die überregionale Presse vorgedrungen waren, zeugten vom Leben der Gemeinde. Ein Kretinger Bürger war in Sachen Waffenschmuggel mit dem Irak verhaftet worden, eine Rentnerin hatte auf dem Kretinger Friedhof Gemüse auf den Gräbern angepflanzt und damit einen Sturm der Entrüstung ausgelöst, und Blader hatte das neue Museum eröffnet.
Huber schmunzelte über den gealterten Pennäler in rotem Jackett, der seine Mitbürger zum Johlen brachte. Sie hatten sich gegenseitig verdient, das war nicht zu übersehen.
Viele Politiker, dachte Huber, waren schon daran gescheitert, dass sie sich außer Stande sahen, vier Jahre vorauszudenken, Visionen zu entwickeln, Veränderungen ins Auge zu fassen. Vier Jahre konnten eine verdammt lange Zeit sein, dachte Huber, eine Ewigkeit. Nur an einem Ort wie Kretingen waren vier Jahre nichts, denn an einem Ort des Stillstands hatte Zeit keine Bedeutung.
-“Ich werde nicht dulden, dass die leeren Kassen der Stadt noch weiter belastet werden durch Sozialhilfe für entlassene Patienten der Klinik, die sich in unserer schönen Gemeinde niederlassen. Ich werde verhindern, dass die uns hier auf der Tasche liegen. Der gesunde

Organismus dieser Stadt darf nicht weiter belastet werden.“ Fast sah es so aus, als glaube Rinz selbst an seine Worte, als fühle er sich wie ein Marshall im Westen, als der noch wild war. Er würde in Zukunft entscheiden, wer sich in Kretingen niederlassen durfte, er würde auf seinen neun Quadratkilometern die Demokratie außer Kraft setzen und ein neues System errichten. Huber kniff die Augen zusammen und stellte sich im Stillen die Frage, warum Rinz nicht allen sagte, um was es ging, wenn er ein Brauner war.

Die Fingerübungen der Rhetorik waren für Rinz wie der Starkbieranstich. Zwei oder drei gezielte Schläge, und die Sache war erledigt. Großes lag vor ihm, er würde die Massen bewegen, wie einst der ägyptische General und Intimfreund von Eddie Toller, der Diktator Nasser. Der hatte immer für alle die richtigen Worte gefunden. Toller schwärmte nach ein paar Gläsern Alpenpils noch gern von ihm.

Ja. Er, Rinz, würde der Nasser des Orgaus sein.

Max schob müde seinen Wagen durch die wenigen Gänge des Supermarktes, die Regale waren fast leer und er ärgerte sich, dass es wieder nur die Erdnußbutter *creamy* gab - *crunchy* aus war. Am Vormittag drängten sich stets die Hausfrauen zwischen den Regalen und an der Wursttheke bildeten sich lange Schlangen. Über allem lag leichte Musik. *The power of love* säuselte es aus versteckten Lautsprechern, und die ältere Lady vor den Tiefkühlpizzas summte leise mit. Eine dicke Mutter mit zwei quengelnden Kleinkindern stimmte ein, die Kassiererin sang verhalten den Refrain und die Rachitische an der Pfandflaschenrücknahme wippte im Takt. Im Handumdrehen intonierte der weibliche Einkaufskosmos diesen einzigen Hit von Jennifer Rush. Die

Einkaufswagen reihten sich zu einer blechernen Choreographie, die Frauen wagten die ersten synchronen Schritte, trällerten “cause I’m your lady ...“ und knöpften, die Augen über die linke Schulter auf Max gerichtet, ihre Hauskleider auf. “And you are my man ...“, schmetterten die hinteren Reihen. Ihre ondulierte Haarpracht wirbelte vor den Scheuermitteln. Mit einer Drehung rückwärts geriet das Regal ins Wanken. “We’re heading for something, somewhere I’ve never been,“ und eine Lawine aus Katzenfutterdosen rollte, hing wie in Zeitlupe für einen Augenblick in der Luft - “sometimes I’m frightened, but I’m willing to learn“. Mit betäubendem Tosen ergoss sich das Blech auf den gekachelten Boden und begrub die letzten Takte “about the power of love“ in Lärm und Dunkel. Max schreckte hoch. Es war spät, das Bett neben ihm war leer, Simon war wohl noch im Museum.
In der finsteren Wärme des Raumes konnte er nur schwer atmen. Er warf die Decke von sich, quälte sich aus dem Bett und öffnete das Fenster. Die Giebel der Häuser und der Kirchturm waren in gelbes flackerndes Licht getaucht, das die Laternen abstrahlten, die über die Straße gespannt leise im Wind schaukelten. Um wieder einschlafen zu können, zog Max seine Spanischlektionen aus dem Bücherstapel neben der Matratze.
Ich hoffe dich bald wiederzusehen, las er. Espero volver a verte. Hau ab! - Jetzt reicht’s - ¡Lárgate! - ¡Ya basta!
Wenig später fand er sich am Bahnhof wieder, die Zeitpläne studierend. Er notierte sich wie in Trance Möglichkeiten zur Flucht und schlenderte durch den nahen herbstlichen Park. Kretingen verkörperte das, was er hasste, das wusste er jetzt. Er strich zwischen den Büschen umher und lachte leise. *Sch-le-ge* waren, was er hasste, *Sch-le-ge* hatte er es einmal in Kalauerlaune genannt: Schuhspanner, Lebensversicherungen, Gera-

nien. Das war Kretingen, hier musste der Erfinder der Lebensversicherung geboren sein, hier musste es sein, wo man die Geranien der Nation züchtete und die Schuhspanner Bayerns schnitzte.
Max war wie betäubt, als er auf die Uhr sah und sich zum Bahnhof wandte. Er war nicht fähig gewesen, Simon von seinem Vorhaben zu erzählen, er hätte die Wirkung seiner Worte nicht mit ansehen können, also musste er heimlich vor seiner Liebe davonschleichen (als habe er nichts zurückgelassen, sondern etwas gestohlen), um fern von Kretingen wieder Luft zu bekommen.

Wahlsieger

Sturm hatte, als er leise seine Wohnung betrat, sich im Dunkeln auszog, einen kurzen Blick in den Spiegel im Bad warf und zum Bett schlich, den Zettel nicht gesehen, der hinter der Tür klemmte. Der Spiegel hatte deutliche Worte gesprochen und Sturm war gewillt, sich den Schönheitsschlaf zu verordnen, den dieses erschöpfte Abbild von ihm gefordert hatte. Max war nicht da, aber Simon war zu müde, um sich Gedanken über nächtliche Ausflüge, Kneipenbesuche oder Abenteuer zu machen. Doch wohin sollte Max ausfliegen? Es gab nur eine Kneipe, die sich lohnte, es gab kein Kino, das Filme brachte, die Max ertragen hätte; Max liebte es, Erbrechen zu simulieren, wenn die Dialoge auf der Leinwand im Hollywoodschleim versackten. Und es gab keine Abenteuer in Kretingen. Sturm langte neben das Bett nach seinem Ganghofer. Bevor er den Gedanken ganz fertig gedacht hatte, war er eingeschlafen.
In der Sonne, die schon lind und goldig wurde, gingen sie an dem stillen Altwasser hin, das an den Ufern seicht und in der Mitte mannstief seine brunnenklaren Fluten langsam talwärts drängte über einen bald mit blanken Steinen ausgelegten, bald mit wunderlichem Kraut bewachsenen Grund. Die Blätter und Ranken dort unten strebten mit ruhelosen Bewegungen dem fast unmerklichen Zug des Wassers nach, als hätten sie Sehnsucht nach einer fernen Heimat, zu der sie nimmer gelangen konnten...

Jetzt hörte Dr. Mayr nichts als seine regelmäßigen, schnellen Atemzüge, während er in der dröhnenden Ruhe des Kretinger Forstes seinen Spaten zu den letzten Stichen ansetzte. Unter einer alten Kiefer hatte er eine ovale Grube ausgehoben, warf einen prüfenden Blick auf

das verchromte Gestell eines zierlichen Kinderwagens *Modell Lucy 77*, dem er heute den Vorzug gegeben hatte und lehnte den Spaten an den Stamm. Der Abend war etwas Besonderes gewesen und forderte einen besonderen Abschluss; Dr. Mayr hatte sich die Entscheidung nicht leicht gemacht, auch ein *Alu Star* mit integrierter Softtrage stand bis zuletzt in der engeren Wahl, aber am Ende blieb es doch bei der eleganteren *Lucy*.
Nach der kleinen Wahlparty für Rinz hatte es ihn in seine Garage und in den Wald getrieben, wo er nun langsam zu sich kam. Um die Spannung zu erhöhen und die Zeremonie ein wenig auszudehnen, zündete sich Dr. Mayr eine Zigarette an und blies den Rauch in kleinen Ringen in die Nacht. Mit einem Zischen sprang der Kronkorken von der Flasche Alpenpils und kühl rann das großartigste Getränk der Welt seine Kehle hinunter. Er wusste zu leben, er wusste das Leben zu zelebrieren. Das hier war der wahre Luxus.

Leeringers Visite der Wahlparty fiel kurz aus, denn er hatte seiner Familie versprochen, um zehn zu Hause zu sein; schließlich war Ronaldo, der kokosnussbraune Machozwerg aus Argentinien, auf den vor allem seine Tochter fiebrig gewartet hatte und dem sie sofort verfallen war, endlich angekommen. Abgesehen davon gab es zwischen ihm und Rinz nichts, was man durch einen Partybesuch hätte schönfärben können.
Also versuchte Leeringer die Höflichkeit zu wahren und drückte sich für eine halbe Stunde auf die Holzbank im Hirschen. Ganter amüsierte sich an der Bar. Das Lachen des Oberbürgermeisters staute sich in allen Winkeln des Raumes, als Ganter ihm halblaut Worte zuraunte. Dass sie über ihn sprachen, vermutete Leeringer sofort, und der schnelle Blick Ganters zu ihm herüber, dieses kurze

Aufblitzen, bestätigte seine Ahnung. Ganter strebte nach der Macht in Kulturfragen, daran bestand kein Zweifel, und es konnte durchaus sein, dass er, Leeringer, ihm dabei im Weg stand. Dieser Mann war nicht zu begreifen, dachte Leeringer und entschied sich, Ganter zu hassen, und Hass begann bei ihm meistens mit einem traurigen Blick in ein leeres Bierglas.

Es war spät geworden. Wahlparty war Wahlparty, und Rinz hatte Tilly Schmücker in gnadenloser Jovialität gestattet, zwei Stunden länger zu schlafen. Aber sie war pünktlich wie immer gewesen, hatte ihre leichten Büroschuhe übergestreift, Kaffee gekocht und den Anrufbeantworter abgehört. Die größten Fans ihres Chefs, die nicht bei der Wahlparty sein konnten, waren ehrlich begeistert über seinen Triumph und hatten noch in der Nacht ihre Glückwünsche aufs Band gesprochen. Tilly lächelte stolz und warf einen flüchtigen Blick auf die Bestätigung des Thailandflugtickets, die mit der Post gekommen war.
Nach mehrmaligem Klopfen an der Tür zum Büro ihres Chefs setzte Tilly ihr reizendstes Morgenlächeln auf, öffnete die Tür einen Spalt und schob ihr Köpfchen mit der sturmfesten Frisur hinein. Für einen Moment begriff sie nicht, was sie sah.
-“Markus?“, lispelte sie, dann noch einmal “Markus?“, aber ihr Chef, der dort auf dem Boden lag, suchte wohl doch keine gefallene Büroklammer.
Die Leichenstarre hatte noch nicht eingesetzt, er sah friedlich aus, fast schien es, als ob er lächelte. Seine lila Krawatte saß untadelig, auch wenn sie sich gemein mit dem Blau biss, auf dem Rinz zusammengesackt war. Vielleicht hätte der Hausmeister seinen Sturz gehört, er war ein wachsames Männchen und machte gern nachts noch mal die Runde durch sein Rathaus, aber der

Teppich war zu teuer und dämpfte jedes Geräusch. Dazu die doppelten Türen zu den Nebenräumen, die Rinz sein ungehemmtes Brüllen ermöglicht hatten.
Der Arzt sah kurz auf ihn herab und kniete für einen Moment nieder, um den Tod amtlich zu machen. Da würde auch kein Cretinapulver mehr helfen, wie es zur Wiederbelebung Toter seit dem 18. Jahrhundert gehandelt wurde, kein Cretinaöl und keine Andachtsbildchen. Rinz hatte ausgebrüllt.

Das Vertrauen des Alten in die Polizei seiner Heimatstadt war nie besonders groß gewesen, und daher rief er, um ein Zeichen seines Engagements für die Aufklärung von Straftaten zu setzen, Ösal an. Der Privatdetektiv hatte ihn noch nie enttäuscht. Er hatte erfolgreich seine Schwiegersöhne beschattet und als Schwindler und Versager entlarvt, er hatte die Wahrheit über Sturms sexuelle Eigenheiten ans Licht gebracht und er würde ihm auch diesmal, bei dieser heiklen Aufgabe, die Beweise liefern, die er sich wünschte. Der Auftrag hieß Leeringer. Wenn jemand als Mörder in Frage kam, dann Leeringer.
-"Leeringer, Leeringer, Leeringer", brummte der Alte vor sich hin. Leeringer hatte Rinz auf dem Gewissen. Das leuchtete dem Alten sofort ein, und er nickte energisch seinem Spiegelbild in der nächtlichen Scheibe des Gartenfensters zu, um seinen Verdacht zu bekräftigen. Leeringer hätte nun einmal um seine weitere Karriere fürchten müssen, wenn der Saubermann Rinz all die kleinen und größeren Zuwendungen publik gemacht hätte, die der Architekt in seinem eigenen Interesse - vor allem aber im Interesse der Firma Blader - über die Jahre unter die Persönlichkeiten des öffentlichen Lebens gebracht hatte, damit Parteien und Fraktionen, Firmen und Vereine wohlwollend auf seine Projekte blickten. Und

auch diese feindseligen Blicke, die Rinz und Leeringer ausgetauscht hatten, waren ihm immer schon wie unausgesprochene Drohungen vorgekommen.
-"Leeringer, Leeringer, Leeringer."
Und wo war er denn nun wirklich gewesen nach Mitternacht und nach der Wahlparty. Der plötzliche Tod des Oberbürgermeisters gewann im vereinsamten Kopf des Alten immer neue Facetten, aber es blieb Mord und Leeringer musste der Mörder sein.
Ösal erschien im Hause Blader in seiner grauen Jacke, seinen grauen Hosen und ausgetretenen Schnabelschuhen, strich sich über die zusammengewachsenen schwarzen Augenbrauen und nickte. Gern würde er Leeringer beschatten, denn er respektierte die Wünsche seiner Kunden und die Bladers ganz besonders.

"Ich melde mich, wenn ich weiß, wo ich bin. Kuss Max."
Der Zettel hatte im Flur auf dem Teppich gelegen, wie hingeweht. Simon war verwirrt, als er mit dieser Nachricht im Kopf das Museum betrat. Es rauschte schmutzig grau in seinem Kopf, er fühlte sich verkatert und sein Hirn schien nur noch aus Ausnüchterungszellen zu bestehen. Sein Körper war betäubt, und dieser Körper schien einzig damit befasst, auf das Nachlassen der Narkose zu warten, um sich dann einem unbekannten, erlösenden Schmerz hingeben zu können. Ein hagerer Polizeibeamter wartete bereits im Foyer auf Sturm, um ihn über den Tod des Oberbürgermeisters in Kenntnis zu setzen. So jung, so unerwartet, so dramatisch, fast war man geneigt, mehr als einen gewöhnlichen Tod zu vermuten. Aber bei genauerer Betrachtung war an diesem Tod doch weiter nichts Bemerkenswertes. Dramatisch war er bestenfalls, weil er unerwartet war, und unerwartet war er nur, weil das Opfer noch in den besten Jahren

war, wie man so sagt. Andererseits starben jeden Tag viel jüngere Menschen als Markus Rinz.
Natürlich hatte Rinz genug Feinde gehabt, aber von denen hatte keiner das Profil eines Killers. Sein Jähzorn und seine Überheblichkeit waren natürlich auch im Stadtrat gefürchtet gewesen, aber Stadträte waren von Berufs wegen unfähig zur Tat. Fast jeder dort war schon einmal von Rinz persönlich gedemütigt worden. Aber der Stadtrat bestand nun einmal aus Politikern - wenn auch aus Hobbypolitikern - und persönliche Erniedrigungen waren das tägliche Brot der Politik. Sie konnten für ein Mordmotiv nicht herhalten.
Der ermittelnde Polizist legte seine Erkundungen in kurzen Worten offen. Da nach einundzwanzig Uhr üblicherweise niemand auf der Hauptstraße unterwegs war, verwunderte Sturm die Mitteilung nicht, dass niemand Rinz beim Betreten des Rathauses zwei Stunden nach Mitternacht beobachtet hatte. Sturm zuckte mit den Schultern und ihm entfuhr ein undeutliches *Tja, was soll man da machen* ..., das der Polizist mit unbewegter Miene zur Kenntnis nahm.
Die Gleichgültigkeit Sturms war nur noch von der spärlich kaschierten Genugtuung Bladers übertroffen worden.

Wieder einmal hatte der Alte jemand überlebt, der sein Leben noch vor sich zu haben schien, und er empfand es als gerechte Strafe, dass der Mann, der mit Blader-Geld Stadtoberhaupt geworden war und ihn nun auf ein totes Gleis rangieren wollte, die letzte Rechnung bezahlt hatte. Hingemeuchelt. Daran bestand in den Windungen des Greisenhirns kein Zweifel mehr, hingemeuchelt von diesem Schwächling, der ebenfalls nur mit Blader-Hilfe zu einer gewissen Wichtigkeit in den besseren Kreisen der Stadt aufgestiegen war. Er wusste es, er hatte es immer gewusst, dieser Schwächling war auch ein Idiot und er war zu allem fähig.

Zunächst machte sich Ösal Vorwürfe, denn es gelang ihm nicht, Verdächtiges gegen Leeringer beizubringen. Er saß in seinem Audi, den nur noch der stumpfe Lack zusammenzuhalten schien und sah gelangweilt zu dem gläsernen Wohnhaus hinüber, aus dem wieder einmal Leeringer trat und in seinen Wagen stieg. Beängstigend normal verlief das Leben des Architekten, dachte sich Ösal, keine Treffen mit Komplizen, keine Vernichtung von Akten, keine Exzesse. Gelegentlich ein Essen auswärts, gelegentlich Sex mit Ehefrau Inge, montags Volleyball. Er ließ den Motor an und folgte dem Wagen, der ins Zentrum rollte.

Auf der König-Ludwig-Straße, der *Guten Stube* Kretingens, an der das Rathaus stand, die Sparkasse, der Supermarkt, räumte inzwischen der desolate Kellner im *Café zur Glocke* die Tische nach draußen, ein Fetzen blauer Himmel hatte sich gezeigt und die Hoffnung geweckt, die grauen Wochen, in denen man schon auf dem kurzen Weg von der Kirche zur Kneipe bis auf die Haut durchnässt wurde, könnten doch noch ein Ende finden. Das *Café zur Glocke* stand für Kretinger Verhältnisse etwa da, wo in Berlin die Joachimstaler Straße auf den Kurfürstendamm traf, oder in Wien die Kärntner Straße auf den Graben. Und wie man in Wien überall vom Geruch des Pferdemists der Fiaker überrascht werden konnte, so stieg einem in Kretingen immer wieder plötzlich Kuhscheiße in die Nase. Aber jetzt lag etwas in der Luft, das den gewohnten Geruch nach Trägheit, Geiz und Kühen überspielte, denn die Stadt harrte gespannt auf die Trauerfeier für ihren Oberbürgermeister. Die Zeit vertrieb man sich mit Mutmaßungen - die Gerüchte, deren Herkunft sich keiner erklären konnte, die aber behaupte-

ten, es habe sich um Mord gehandelt, waren zweifellos reizvoll. Leider hatte eine routinemäßige Obduktion, wie nicht anders erwartet, ergeben, dass es ein ordinärer Herzinfarkt war, der Rinz auf dem dunkelblauen Flor vor seinem Schreibtisch niedergestreckt hatte. Man war einfach nicht in Chicago, und leider war es schon deshalb unwahrscheinlich, dass jemand Rinz besonders raffiniert ausgepustet hatte.
Nicht dass man im Orgau soviel mehr Respekt vor einem Menschenleben gehabt hätte als in Chicago, aber man zog es vor, weniger spektakulär zu vernichten. Rinz trug selbst die Verantwortung für sein überraschendes Ende. Irgendwo musste kurzzeitig ein Ventil geklemmt haben, und so war er einfach geplatzt. Zack und weg. Von den Schmerzen, die er gehabt haben musste, war, als man ihn fand, nichts mehr zu sehen.

Die Betrachtung des Kretinger Lebens, das war Ösal schon klar, war aus der Perspektive des Blader-Hauses immer eine besondere gewesen, aber nun begann der Alte wohl doch absonderlich zu werden. Die Minuten wurden zu Stunden, Ösal schüttelte langsam den Kopf und blickte auf die Uhr. Ihm war kalt, und Leeringer stand noch immer allein an der Theke im *Casa Nova.* Fieberhaft schlang er eine Pizza in sich hinein, sonst rührte sich nichts. Wie um alles in der Welt war der Alte auf diesen Typen verfallen? Sah er nicht, dass er, Ösal, alles daran setzte, ihn zufrieden zu stellen und seinen Verdacht zu bestätigen. Aber es wollte ihm nicht gelingen, und er hatte ein wenig Angst, Blader mit leeren Händen unter die Augen zu treten. Aber dann geschah doch noch etwas Unerwartetes.
Übernächtigt und mit knurrendem Magen saß Ösal im unauffällig geparkten Auto - leise Musik kratzte in den Boxen - und beobachtete den Gerichtsvollzieher, der bei

Leeringers läutete, wartete, wieder läutete, einen Blick auf seine Uhr warf und sich zum Gehen wandte. Doch genau in diesem Augenblick öffnete sich die Tür und Inge Leeringer trat heraus. Sie schien nicht zu begreifen, erstarrte kurz und zog dann den Herrn überstürzt ins Haus. Bevor sie hinter ihm die Tür wieder schloss, ließ sie ihren Blick einmal über die Häuser der Nachbarschaft schweifen. Instinktiv rutschte Ösal auf seinem durchgesessenen Polster ein wenig tiefer, aber sie hatte ihn nicht bemerkt. Leeringer war nicht zu Hause, er joggte im Stadtpark, wie jeden Morgen. Aber Ösal hatte es aufgegeben, ihm zu folgen. Zu lächerlich kam er sich vor, wenn er hinter ihm herlief und dann durchgeschwitzt in seinem Audi saß, während der Architekt eine heiße Dusche nehmen konnte.
Viel war es nicht, was der Gerichtsvollzieher mitnahm, eine Pappkiste. Was war das für ein eigenartiges Gerät, das da herausragte? Ösal hatte keine Ahnung, aber er hatte endlich etwas zu berichten. Er wartete, bis der Beamte seinen Wagen angelassen und davongesurrt war, bevor er seinen Audi startete.

Blader war enttäuscht. Fast schien es Ösal, als habe der Alte schon von dem Vorfall gehört. Die größtmögliche Demütigung für einen Privatdetektiv. Blader ließ ihn im Flur stehen und kramte nach seiner Geldbörse. Große Stücke hatte er auf Ösal gehalten, doch diesmal war der Türkenspitzel eindeutig überfordert, die Wahrheit ans Licht zu bringen. Mit ruppiger Geste drückte er seinem Gegenüber ein Bündel Scheine in die Hand, zuckte mit den Schultern und zog hinter Ösal, der verständnislos auf die Straße stolperte, die Tür zu.
Joseph Blader wollte allein sein. Er schloss die Augen und schüttelte langsam den Kopf. Warum nur war er von Versagern umgeben, die ihm das Leben zur Hölle mach-

ten, die nicht verdienten, was sie verdienten, die überbezahlt und überbewertet seine verrinnende Zeit stahlen. Tränen traten ihm in die Augen, doch mit einer schnellen, verärgerten Geste wischte er sie weg, diese Individuen, die für sein Selbstmitleid verantwortlich waren. Schluss, aus, raus, er brauchte Luft, er brauchte ein Ereignis wie Bayreuth, um wieder atmen zu können und um diese letzte große Enttäuschung zu überwinden. Großes musste her, um dieses Kleinkarierte seiner Heimat unter sich zu begraben.
Jeder ist seines Glückes Schmied, das war sein Credo gewesen. Jeder konnte erreichen, was er wollte, wenn er nur wollte. Joseph Blader stütze sich auf die Anrichte und folgte mit den Augen der Maserung, den Jahresringen des Holzes, aus dem geschickte Hände ein Stilmöbel gezimmert hatten. Was hatte er gewollt? Und wo war er gelandet? Fleiß und Cleverness brachten den Aufschwung, der Aufschwung brachte Wohlstand. Aber was brachte der Wohlstand?

Die Welt ist schlecht

Gründe hätte es vielleicht wirklich genug gegeben, aber wie so oft war es den Ermittlern unmöglich, den einen herauszufinden, der Rinz das Leben gekostet haben könnte, denn der existierte nur noch im Kopf eines alten Mannes.

Eine Woche nach dem Tod von Markus Rinz erhielt Sturm Besuch von Leeringer. Mit zerknirschter Miene trat der Architekt in die Besenkammer, in der Sturm es sich zum Arbeiten gemütlich gemacht hatte; das Überbringen schlechter Nachrichten war ihm stets unangenehm. In diesem Fall aber war seine sensible Seele gespalten, denn die schlechte Nachricht für Sturm konnte eine gute für ihn sein. Dem Vorstand war es nicht möglich gewesen, über seinen bleiernen Schlagschatten zu springen, und man hatte Leeringer erkoren, den letzten Willen, der die Union von Blader und Rinz noch aufrechterhalten hatte, zu überbringen: Sturm sollte seinen Kram packen und möglichst unauffällig verschwinden.

Leeringer fiel auf den Klappstuhl, wischte eine graue Strähne aus der Stirn und begann mit den Ausführungen, die er sich zurechtgelegt hatte.

Geduldig saß Sturm und lauschte dem Monolog, den Wenns und Abers, der Rhetorik, die immer wieder unter die eigenen Räder geriet, auf holprigen Wegen schlingerte, bis sie sich totgelaufen hatte. Am Ende stand aber doch ein Satz, den Leeringer zwar nicht aussprach, der aber als Essenz seiner vielen Worte gelten konnte. Sturm musste vor die Inquisition, er musste zum Vorstand, der ihn schon lange nicht mehr eingeladen hatte.

-“Sie erhalten selbstverständlich noch eine schriftliche Einladung.“

-“Selbstverständlich. Das ist wirklich nett.“

Zum Abschied umschloss Sturm mit beiden Händen

lange und vertrauensvoll Leeringers mehlweiße Rechte, bis dieser verunsichert lächelte. Sturm erwiderte das Lächeln und schickte, leise und weich, einige Worte hinüber, die Leeringer in die Nacht hinaus begleiteten.
-“Sie wissen, dass ich Sie für einen rückgratlosen Schleimer halte? Das wissen Sie doch?“ Er ließ Leeringers Hand los und öffnete ihm zuvorkommend die gläserne Tür.
-“Gute Nacht.“
Warum nur konnte er sich nicht wehren gegen diese Undankbaren, diese Besserwisser, diese Intriganten, dachte Hugo Leeringer. Ihm fehlten die Worte, um die Ungerechtigkeit seiner Welt zu beschreiben.
Nicht nur Sturm hatte ihn getroffen, auch Sparkassen-Ganter spielte ihm übel mit. Die Geschichte war eigentlich nur eine Lappalie. Eine Unachtsamkeit - mehr war es nicht - hatte Leeringers Konto für kurze Zeit ins Minus gebracht. Er war Architekt, er war selbstständig, da war so ein Konto schnell einmal überzogen. In seinem Beruf hatte er gelernt, imaginäre Summen so zu notieren, zu addieren und zu interpretieren, dass sie hinterher realistisch erschienen, für reale Summen hatte er dagegen nie wirklich Interesse gezeigt. Sie waren nichts, worüber er sich je Gedanken gemacht hätte, denn seit er denken konnte, war er Kunde der Sparkasse. Jetzt aber, nach den Jahren seiner Treue, zeigte sie ihr wahres Gesicht. Eiskalt und kommentarlos. Dahinter steckte Ganter, das war unzweifelhaft seine Handschrift. Ein überzogener Kredit Leeringers und plötzlich blieben Rechnungen unbezahlt. Rechnungen, die er für beglichen hielt, für die er selbst Überweisungsformulare ausgefüllt, unterschrieben und weggeschickt hatte. Der Gerichtsvollzieher hatte geklingelt und seinen computergesteuerten Insektenilluminator beschlagnahmt, seinen *Hexapodex*, das Topmodell von Faunasoft, sein Allwetter-Tischgerät, das mit

leisem Summen auf dem ganzen Grundstück für Ruhe gesorgt hatte. Leeringer mochte den Apparat, aber viel schwerer als sein vorübergehender Verlust wog die anhaltende Erniedrigung: Nichtsahnend hatte Inge die Tür geöffnet und zusehen müssen, wie vor den Augen der Kinder - vor allem Ronaldo hatte sofort begriffen und nur grinsend durch die Zähne gepfiffen - die Zahlungsunfähigkeit Leeringers demonstriert wurde.
Er fühlte sich zerschlagen, er wollte nur noch nach Hause, sich vergraben, krank werden, um nicht mehr vor die Tür zu müssen. Er wollte sie alle nicht mehr sehen.

Zielstrebig eilte Roland Ganter durch die Schalterhalle, lächelte ölig der Kleinen an der Privatkundenbetreuung zu und verließ das Gebäude. Seine Tätigkeit als Sparkassenvorstand hatte ihn noch nie völlig befriedigen können. Er, der sich immer schon mehr zugetraut hatte, erotisch und kulturell, er, der wusste, wie man Kultur anpacken musste, rückte, als er den *Goldenen Hirschen* erreichte, seine fassungslose Brille zurecht, strich sich durch das graumelierte Haar und übernahm in Gedanken bereits das Ruder im Museum. Es war nur noch eine Formalität, die ihn von seiner neuen Funktion trennte. Dass Sturm das Museum nicht wie ein anständiges Wirtschaftsunternehmen profitorientiert geführt hatte, konnte im Nachhinein keiner verstehen.
-"Ich kenne keine Ausstellungshäuser, die Gewinne abwerfen", hatte Sturm auf Anfrage gesagt. Das war im Orgau entschieden die falsche Antwort, das war es nicht, was man hatte hören wollen, das klang nicht nach Aufbruch, nicht nach Optimismus. Auch wenn Erfolg in Kretingen keine Tradition vorweisen konnte, so gab es doch in Ganters Familie ein vererbtes Streben nach Höherem. Bereits sein Vater hatte Kriterien der

Effektivität und Optimierung zum Thema seiner Doktorarbeit gewählt. Der Wertschätzung der gesunden und insgesamt konstitutionsstarken Dauerleistungskuh hatte er in seiner *Untersuchung über die Vererbung der Langlebigkeit, unter gleichzeitiger Berücksichtigung der Fruchtbarkeit, beim Orgauer Braunvieh im Tierzuchtamtsbereich Kretingen* Ausdruck verliehen. In diese Richtung musste man weiterdenken, in allen Lebensbereichen. Nun war es an der Zeit, dass die Sparkasse, dass ihr Vorstand, den Weg in eine goldene Zukunft wies. Blader war ohnehin am Ende, Rinz war tot und Leeringer hatte er eine kleine Kostprobe seiner Macht gegeben. Andere brauchte er nicht zu fürchten. Roland Ganter war außerordentlich zufrieden mit sich. Mit gespreizten Fingern stützte er sein ganzes Körpergewicht auf den Konferenztisch im *Goldenen Hirschen* und dankte für das Vertrauen. Dann öffnete sich die Tür und Sturm trat ein.
Die Luft war sämig und warm, verpestet durch Zigarettenrauch und den Geruch der Erregung, den die Anwesenden ausströmten. Alle Augen richteten sich auf die Gestalt Sturms, der kurz seine Krawatte glattstrich, sein Sakko aufknöpfte und sich am Fuß der Tafel auf einen Schemel fallen ließ. Eine der Tageslichtneonröhren flackerte, und durch die braune Kunststoff-Falttür, die den Bankettsaal in einen kleineren und einen großen Raum unterteilte, drang Gelächter und das gepresste Quaken einer Hammondorgel. Firmenjubiläum, dachte Sturm.
-“Schildern sie doch mal, Herr von Sturm, wie Sie die bisherige Entwicklung des Museums sehen.“ Leeringer nickte dem Direktor aufmunternd zu, ein leichtes Schulterklopfen war in seinen Tonfall integriert. Alle Augen ruhten am Fuß des Tisches, nur Frau Dr. Wolff-Zöbertins Hand schabte eilig über ein Papier; sie war die Frau, sie war die Schriftführerin.

-"Ich weiß nicht, warum wir uns das bieten lassen, meine Herren", stieß die knarrende Stimme Bladers dazwischen. "Das ist ein Job wie von einem Fußballtrainer, hopp oder top. Sie treten ohne Kommentar ab, dann kriegen Sie eine Abfindung. Sie verlassen die Stadt bis zum Ende des Jahres und basta." Das flinke Schaben brach ab, und statt dessen hörte Sturm die freundliche Stimme der Kollegin.

-"Sie müssen schon ein bisschen kämpfen um den Job, Herr von Sturm." Sturms Augen wanderten langsam hinüber zu den vorgewölbten Zähnen hinter rosaroten Lippen, und er versuchte sich vorzustellen, wie leicht sie diese Worte geformt hatten. Die Dame, so dachte Sturm, hat eine eigene Vorstellung von Kampf. Kämpfen hieß für sie klein beigeben, dachte er, und sein erstaunter Blick umriss die ganze Sinnlosigkeit dieser Minuten. Noch nie, dachte er, habe ich so etwas abstoßendes gesehen, wie diese Zähne.

-"Sie verstehen, wir können so nicht weitermachen, das Ganze bedarf einer grundsätzlich neuen Konzeption, die, da werden Sie mir sicher zustimmen ..." *Die Fischerin vom Bodensee* schob sich in Sturms Kopf vor die Worte Ganters, und das imaginäre Schunkeln des Firmenjubiläums wirbelte seine Gedanken auf, um sie, einmal in Bewegung, fortzublasen in einen sonnigen Morgen, in dem sich Max räkelte, seine braunen Füße unter der Decke hervorstreckte und lächelnd die Augen aufschlug.

-"Ihr Grinsen ist mir unerträglich!" Bladers Brüllen brachte Sturm zurück an die klebrige Resopalplatte und er sah böse in die wässrigen Augen des Alten. "Was Sie da ausgestellt haben, ist geschmacklos, verstehen Sie."

-"Nein, ich verstehe nicht."

-"Geschmacklos." Der Alte presste die Silben stoßweise hervor.

-"Kunst ist kein Schweinsbraten mit Kraut und Knödeln."

Sturms Antwort stand für einen Moment im Raum, bevor er beide Hände auf den Tisch legte und sich weit vorbeugte, um Blader zu fixieren. "Kunst hat mit Geschmack nichts zu tun. Das hat schon Max Ernst gesagt und auch ernst gemeint, wenn Sie wissen, wen ich meine. Und erst recht hat Kunst nichts mit gutem Geschmack zu tun. Kunst ist sozusagen geschmacksneutral, verstehen Sie."
-"Ich bitte Sie", ergriff Leeringer erneut das Wort, "ich bitte Sie. Sie bringen mit Ihren Ausstellungen Unruhe in die Stadt, es bilden sich Fronten. Wir brauchen aber alle Teile der Bevölkerung. Sie sollten etwas diplomatischer sein, meinen Sie nicht?"
-"Ich gehe nun mal nicht gern mit Kleinindustriellen Golf spielen. Ich würde es als ausgesprochene Erleichterung empfinden", Sturms Stimme lag dünn und durchdringend über der Tafel, "wenn ich auf den Kulturring, die Rotarier, den Künstlerstammtisch urinieren könnte, denn ich bin stur und uneinsichtig", die Silben tropften leise erregt zwischen die Anwesenden, "arrogant und großkotzig. Können Sie das begreifen, und ich bin es inzwischen mit ausgesprochenem Vergnügen. Ich habe Magenschmerzen, jedes Mal wenn ich die Stadtgrenze nach Kretingen überfahre," - sein Blick ging in die Runde - "und es ist nur meine gute Kinderstube, die mich daran hindert, täglich vor ihre Puschen zu spucken, verstehen Sie mich. Die Leute hassen das Museum, weil sie Blader hassen, und sie hassen Kunst, weil sie beschränkt sind. Und Sie, Herr Blader", Sturm lehnte sich weit vor, "wollen mich loswerden, weil ich machtlos bin gegen diese Beschränktheit und diesen Hass. Also, warum diese Farce hier. Sie haben längst beschlossen, dass ich schuldig bin."
Dr. Mayr nickte still, das war mit Sicherheit das Unverschämteste, das sich in Kretingen ereignet hatte, seit ein Provokateur im Jahre 1787 ein Büchlein mit dem Titel *Die Taschenspielerkünste der sel. Nonne Cretina*

herausgegeben hatte. Ganter zuckte lächelnd mit den Schultern, setzte einen bedauernden Der-Junge-ist-einfach-zu-emotional-Blick auf und wiegte langsam den Kopf. Blader drückte sich ein kariertes Taschentuch auf den Mund und sah auf den durchweichten Bierfilz vor sich. Warum war das Leben so ungerecht zu ihm, dachte Leeringer, warum hatte er wieder einmal die Aufgabe, diesen Abend zu einem Ende zu bringen, warum hatte er diesen Sturm empfohlen, warum konnte er nicht jetzt bei Inge auf der Couch liegen, warum. Er sah, wie Sturm aufstand, sein Sakko zuknöpfte und den Schemel unter den Tisch schob. Mit beiden Händen umklammerte er die Platte.

-"Ich verpflichte mich, das Orgau zu verlassen. Das können Sie in den Auflösungsvertrag schreiben." Dann war Sturms Platz leer und die Tür fiel leise ins Schloss. Für einen Moment hörte man nur das Firmenjubiläum.

Es war noch ein kleiner, letzter Abschnitt und Kretingen wäre endgültig durch eine unterbrechungslose Autobahn mit der Landeshauptstadt verbunden. Genau dort, wo jetzt noch die warnenden Lauflichter das einspurige Sträßchen ankündigten, in dem die Autobahnstrecke endete, lag der stille See, den Sturm im Vorbeifahren schon oft bewundert hatte.

Um die Rückkehr nach Kretingen noch etwas hinauszuzögern, wählte er, ohne lange nachzudenken, den Weg zum Ufer. Das, was er gern seine Qualheimat nannte, war ihm auch an diesem Abend zu eng geworden. Er fühlte sich an der reinen Bergluft ersticken, wie andere am Smog erstickten, und so war sein Fluchtpunkt München gewesen, die freistaatliche Hauptstadt, die er langsam liebgewann. Im Englischen Garten war er zum Monopteros, den er besonders mochte, hinaufgestiegen,

die Blaskapelle im nahen Biergarten hatte *Don't cry for me, Argentina* geblasen, und er hatte die Kirchtürme der Skyline betrachtet. Ein Reiseleiter, der plötzlich aufgetaucht war, hatte erklärt, dass der Monopteros der Ort sei, an dem sich im Sommer die Liebespaare träfen, und Simon hatte die leeren Coladosen und Bierflaschen gezählt. Hinterlassenschaften der Liebe.
Die dunklen Augen, mit denen Simon in die Welt sah, saugten am Abend die Menschen auf in den blau verrauchten lauten Kneipen, suchten andere Augen, Hände, die Eis aus Eisbechern oder Bier aus Krügen in Münder füllten und braungebrannte Fesseln in Leinenschuhen.
Erhitzt sprang er nun aus dem Auto, lief zu einem der Stege, die aufs Wasser hinaus führten und zog sein Hemd über den Kopf. Der See lag glatt vor ihm und das Ufer war menschenleer. Schnell löste Sturm seinen Gürtel, schnürte seine Kleider zu einem Bündel und ließ sich nackt in den nächtlichen Spiegel hinab. Das Wasser war kühl und reichte ihm bis zu den Knien. Langsam schlenderte er auf den See hinaus. Zentimeter um Zentimeter kroch die schwarze Flüssigkeit seine Beine hinauf. Als er bis zu den Hüften im Wasser stand, drehte er sich um und fand sich in völliger Dunkelheit. Die Laute und Bilder des Abends stiegen in ihm auf. Die langweilige Liebes-geschichte, für die er bezahlt hatte, um sie miterleben zu dürfen, das Kichern und Rascheln in den Reihen dunkelroter Sessel hinter ihm, das so verheißungsvoll klang und ihn von den polyesterglatten Hollywoodmodellen auf der Leinwand ablenkte, der Mann an der Bar mit den langen blonden Haaren und dem verteufelten Lächeln, das unverkennbar ihm gegolten hatte und ihn zu den Toiletten hatte locken wollen ...
Jetzt waren die Dunkelheit und Sturms Körper plötzlich eiskalt. Langsam watete er dorthin zurück, wo er das Ufer vermutete.

Drei Katastrophen

Noch einmal triumphierte Joseph Blader. Zwei, die sich ihm widersetzt hatten, waren in einem Monat erledigt worden. Als kultische Handlung zelebrierte er das Keksessen, das langsame Heben des Tellerchens vom Deckchen, das sandige Bröckeln des süßen Teigs, das Mahlen seiner dritten Zähne, die staubige Konsistenz auf seiner Zunge. Sie waren erledigt, und er durfte diesen großen Tag noch miterleben. Tief atmete er durch und spülte mit Kaffee nach. Doch nun fiel sein Blick wieder unverstellt auf seinen Sohn. Die beiden Lausbuben Rinz und Sturm hatten ihn abgelenkt von seinem tiefen Schmerz, und jetzt war er wieder da. Manfred.

Der Alte musste an das Lehrerpack denken, das inzwischen vor seinem Sohn zitterte, wie die ganze Stadt ein halbes Jahrhundert vor ihm selbst und seinem väterlichen Willen gezittert hatte.

Natürlich war man in der Öffentlichkeit weiterhin höflich zu ihm, aber was bedeutete schon Höflichkeit in diesen Regionen. Sie hielten sich für stilvoll und höflich und merkten nicht, wie schnell sie beim Bemühen um Stil und Höflichkeit an die engen Grenzen ihres Geschmacks und ihres Charakters stießen. Und unausweichlich endete jeder ihrer Ansätze zur Höflichkeit in schäbiger Langeweile und jeder ihrer Versuche, Geschmack zu demonstrieren, im Sumpf ihrer Provinzialität. Er, Blader, war dagegen Kosmopolit. Er war sich der Langeweile seiner Heimat bewusst, und gerade das gab ihm die Sicherheit, drüber zu stehen. Nun lauerten sie kleinherzig auf sein Ende, und keine Höflichkeit konnte ihre Gehässigkeit verbergen. Noch zehn Jahre zuvor hatte ihm die Stadt gehört. Er hatte keine Vertreter im Stadtrat gebraucht, denn der Stadtrat brauchte ihn.

Nun aber gab sein Sprössling Manfred den Lehrern die

Weisung, seine Enkel zu verstecken. Seit einer Ewigkeit hatte er sie nicht mehr gesehen, bald schon würde er sie nicht mehr wiedererkennen. Auf diese Demütigung war er nicht vorbereitet.
Er lag in seinem Sessel und sah auf die traurigen Blumen, die Alwine im Garten der erbarmungslosen Witterung abtrotzte. Sein Wunsch wuchs und rückte in immer weitere Ferne, je näher er den Tod kommen spürte. Fata Morgana Familie. Sie hielt ihn am Leben. Seine kurzen fleckigen Finger ruhten auf der Sessellehne und stemmten seinen Körper aus den Polstern. Er hatte vor der Entscheidung gestanden, jeder Mann stand vor der Entscheidung: persönliche Freiheit oder Familie. Er hatte sich für die Familie entschieden. Heute war er der einsamste Mensch.

Um dieselbe Zeit, nicht weit entfernt, verließ Inge Leeringer mit dem Hund das Haus, da er gedroht hatte, ins Wohnzimmer zu scheißen. Ihr Mann hockte schon wieder im *Hirschen* bei so einer Krisensitzung wegen des Museums. Die Sonne schien durch die große Terrassentür auf die Couch, auf der Ronaldo sich räkelte und auf einem Minibildschirm gegen einen Computer kämpfte. Der Computer saß bereits in der Klemme und jaulte leise, als Ronaldo einen durchdringenden Schrei aus der Küche hörte. Er verdrehte die Augen, schwang seine Beine von der Couch und schob sich lässig um die Flurecke. Die Tochter des Hauses stand mit dem Rücken zur Wand und blickte hilfesuchend zu ihm, dem heißblütigen Zorro. Dann sah Ronaldo den Grund für den Schrei: eine dicke, haarige Spinne, die am Bein des Esstisches hochkroch, um sich unter der Häkeldecke zu verstecken.
-"Die machen wir fertig", entfuhr es ihm trocken. "Habt ihr

so'n Spray?"
-"Alles nur, weil sie Papas Killer abgeholt haben, früher gab es hier keine Spinnen, überhaupt gab´s hier früher..."
-"Habt ihr jetzt 'n Spray oder nich'?", unterbrach sie Ronaldo. Die Kleine sprang, ein wenig beleidigt, in den Flur, zog eine Schublade auf und reichte ihm eine große Dose Insektenvernichter.
-"Für den Fall, dass mal der Strom ausfällt und der Killer nicht geht, hat Papa gesagt." Aber Ronaldo war schon auf dem Weg in die Schlacht. Eine ganze Minute, so erzählte er später, habe er die große, haarige Spinne besprüht, aber sie hatte nicht sterben wollen.
Also pfiff er den Sohn des Hauses herbei und bat um ein Streichholz. Das hatte er mal im Kino gesehen. Er hielt die Flamme an das Spray und das Gas entzündete sich. Die Kinder kreischten vor Freude, als sich die Spinne im Feuer krümmte, dann brannte auch die Tischdecke.

Vom Fenster aus konnte Sturm die Tische vor dem Café auf der König-Ludwig-Straße und den Kellner sehen, der verloren in der Tür lehnte, und er bekam Lust auf einen Cappuccino. Noch packte er seine Kisten und verfluchte wieder einmal die Bücher an sich, die durch ihr Gewicht jeden Umzug zu einer Qual machten und - wollte man nicht auf Literatur und Fiktion verzichten - jede Bewegungsfreiheit auf diesem Planeten massiv einschränkten. Allein der Gedanke an das Bücherkistenschleppen ließ ihn vor spontanen Ortswechseln zurückschrecken. Mit einem Glas Gin Tonic in der Hand ließ Sturm sich auf sein kleines Ledersofa fallen und träumte von einer Bücherverbrennung. Völlig zerschlagen fühlte er sich. Kurz hatte er aufgeatmet, für einen Moment hatte er sich befreit gefühlt, aber dann war ihm alles sehr schnell sinnlos erschienen. Wie hatte ihm Kretingen passieren können?

Gut, er besaß einen zwar kleinen, aber undefinierbaren Kreis von Sympathisanten, der sich an seiner Opposition gegen die Macht in Kretingen erfreute und dem das Wort Kunst nicht nur in Verbindung mit Kunstdünger geläufig war. Aber er machte sich keine Illusionen mehr über die Lorbeeren, die man sich als Kulturschaffender vor Ort verdienen konnte. Dafür gab es genügend abschreckende Beispiele. Gern wäre er dem Impuls gefolgt, sein Glas an die nächstbeste Wand zu werfen, aber er bremste sich, trug es in die Küche und verließ seine Wohnung, um Abschied zu nehmen. Noch einmal ließ er sich an der König-Ludwig-Straße in der muffigen Konditorei nieder, bestellte statt des dünnen Cappuccinos doch lieber noch einen Gintonic und wartete auf den Möbelwagen, der sein Bett, seinen Schreibtisch und seine Bücherkisten holen sollte, um sie auf unbestimmte Zeit irgendwo einzulagern.
Gegenüber lag das Puppentheatermuseum, die zweite kulturelle Institution der Stadt. In einem ehemaligen Speditionsgebäude untergebracht, beherbergte es die Puppensammlung eines verdienten Kretingers, der heute als rührender Puppenspielopa die Aushängemarionette heimatlicher Kultur abgab. Aber heute war er lange verwest. Als er lebte, diente er solange als Zielscheibe des Hohns, bis man es fertiggebracht hatte, ihn in den Wahn und schließlich in den Tod zu treiben.

Den Hörer in der Hand zögerte Max einen kurzen Augenblick, bevor er die Nummer von Simon wählte. Er war angekommen, fürs Erste. Sein Blick streifte die schlafenden Hunde, die im Schatten vor dem kleinen Café lagen, in dem er an der Bar stand und seinen zweiten Cortado trank. Ganz weit entfernt hörte er das Tuten des Telefons und dann seine eigene Stimme, die

über das Meer zu ihm drang. Simon war nicht da und der Anrufbeantworter bat um eine kurze Nachricht. Während Max seiner eigenen Stimme lauschte, freundlich klang sie aus der Vergangenheit herüber, überlegte er, ob er seiner Aufforderung etwas zu hinterlassen, nachkommen sollte. Oft genug bereute man so was später. Im persönlichen Gespräch verflüchtigten sich die Worte, man konnte ihre Wirkung spüren, sie dann bekräftigen oder abmildern durch andere Worte. Auf einem Band blieb alles, nichts war rückgängig zu machen. Immer und immer wieder konnte der andere es sich anhören. Nein. Anrufbeantworter hörte man nicht an, man hörte sie ab. Um Worte, die man auf einem Anrufbeantworter hinterließ, ungeschehen zu machen, musste man sich sofort auf den Weg begeben zu diesem Anrufbeantworter, musste einbrechen bei seinem Besitzer und das Band löschen, aber von dort aus, wo er nun war, würde das nicht möglich sein.
-“Hier ist Max“, hörte sich Max sagen. “Ich bin in Famara, ruf' mich bitte an, und komm bald her.“ Er hinterließ noch eine Nummer und der Hörer lag wieder auf der Gabel, bevor er seine Gedanken geordnet hatte. Er trank den letzten Schluck Kaffee, zahlte und trat in die warme Sonne hinaus.

Sturm schlürfte die letzten Reste seines vierten Drinks, um seine Magenschmerzen zu betäuben. Er würde Kretingen verlassen, das Orgau, den Kulturstaat Bayern, der Wahn würde ihm in dieser Gegend erspart bleiben. Ohne ihn anzusehen, vielleicht auch ohne ihn zu bemerken, trippelte Inge Leeringer über die Straße, nur Balduin, der giftige Köter, hatte ihn entdeckt und knurrte in seine Richtung. Sturm zog eine Grimasse und dachte an Ganghofer.

Haben Hunde einen Sinn, um den Schmerz eines Menschen zu wittern? Ist stummer Schmerz ein Ding, das zu den Tieren redet? Der weiße Spitz stellte sein Kläffen ein, äugte den gebeugten Feind verwundert an und streckte windend die Schnauze.
Dann - Sturm legte den Kopf in den Nacken und sah zum Himmel - stiegen erst dünne, bald dichtere Rauchschwaden über der Altstadt auf. Angenehm betäubt folgte sein Blick den flüchtigen Fetzen, die der böige Wind hin- und hertrieb, bis man das Feuer roch. Er wusste, dass es Leeringers Haus war, als hätte es ihm eine innere Stimme zugeflüstert, zählte die Minuten, bis die Freiwillige Feuerwehr anrückte, erhob sich und schlenderte langsam durch die Gassen hinunter zum Museum, wo sich seine Freunde, seine Sympathisanten versammelt hatten. Die wenigen Menschen Kretingens, die den Traum von einer anderen Kultur noch nicht aufgegeben hatten.

Die Sonne ging unter, das Feuer über der Altstadt war erloschen und in den Scheinwerfern, die nun die Fassade des Museums hell erleuchteten, glitzerte feiner Nieselregen. Sturm trat auf den Vorplatz und wurde Zeuge einer Verhüllung. Vier Männer strafften Seile, die eine gewaltige grün-schwarze Plane in die Höhe zogen. Vor Sturms Augen verschwand das Haus unter den Farben der Firma Blader. Er trat näher und jemand drückte ihm ein Glas Sekt in die Hand. Die Verhüllung war ein Abschiedsgeschenk an ihn, dessen Ironie ganz seinen Geschmack traf.
-“Lassen Sie uns anstoßen!“ Schnell füllte sich der Vorplatz mit Neugierigen, die die herrschenden Farben der Stadt erkannten. Es waren die Farben, es war die Flagge des Feindes, es war eine förmliche Kapitulation vor der Übermacht des Gegners. Vorgetragen als ele-

gante Provokation, der der Sieger nichts würde entgegensetzen können.
-"Auf Ihr Wohl", hörte Sturm einen Ruf, und einige Gläser erhoben sich in der Dämmerung.
-"Auf die Verhüllung, die enthüllen will! Blader soll es besser machen! Wir wollen Blader als Direktor!" Der schrillen Stimme aus der Menge antwortete Gelächter.
Mit einem Mal setzte heftiger Regen ein.
-"Auf zum Buffet!", kam es von der anderen Seite und alle drängten ins Foyer. Sturm stand allein im Flutlicht des Platzes. Es goss. Wie eine Befreiung erschien ihm die Kraft des Regens. Der Platz verwandelte sich in einen Schlammtümpel und es schien, als würde das Wasser den Bau des Museums fortspülen. Nach wenigen Schritten war er auf der Luipoldbrücke und starrte hinüber auf den gespenstischen Platz.
Wie ein kalkweißer See mit fernen Ufern lag das verwüstete Gelände im Mondschein. Nur Schutt und Schutt. Kein Wasser. Die rauschende Wildach lag versteckt, tief eingegraben. Dennoch sahen die irrenden Augen des Einsamen das Bild einer tiefen, blaugrünen Flut, aus der ein knöchernes Gesicht zu ihm heraufIächelte. "Die Erlösung! Die Ruhe nach aller Qual!" Er dachte an die Pflicht seines Lebens, dachte an sein Werk und jagte in Zorn diese Schwäche aus seiner Stirn hinaus.

Ohne zu wissen, was sich wenige hundert Meter weiter abspielte, hatte sich Bladers Atem beschleunigt, er hatte sich erhoben und durch die regennassen Fenster in das Schwarz geblickt, das den Garten verbarg, bevor er keuchend Alwine rief.
Wie er plötzlich an seinem Leben hing, das so bedeutungslos war, dachte er. Man würde nicht einmal einen InterCity nach ihm benennen. In den Scheiben

spiegelte sich zugleich sein Tod. Genau konnte er nun seine Gestalt erkennen, sah sein Taumeln, sah, wie er einen Weihnachtsstern, der seit sechs Monaten dort vegetierte, von der Fensterbank stieß, mit den nachgebenden Knien gegen den Heizkörper prallte und schmerzverzerrt und kartoffelsackgleich zu Boden ging. Eine Ewigkeit, dachte Blader, lag er jetzt schon bewegungslos vor dem Portrait seines Vaters, sah hinauf auf die Jägerkluft und die Waffe, die im Waldesdunkel schimmerte. Es schienen Stunden für ihn, auch wenn Alwine sofort zur Stelle war.

Vorbildlich meisterte sie die Situation. Der Notarzt war unterwegs und traf ein, als die Standuhr im Flur gerade Halbzehn schlug. Er eilte in den Salon und wagte nicht, sich Alwines halblauten, aber durchdringend kühlen Weisungen zu widersetzen.

Zwölf Minuten später war Blader in der Klinik.

Fieber, Triumph und Ende

Leeringer lag mit hohem Fieber auf einer schmalen Bettstelle in der Doppelhaushälfte seiner Schwiegereltern und dachte, erwacht aus einer traumzerfressenen Ohnmacht, an sein Unglück. Es war diesem Sturm gelungen, wie ein böses Omen in wenigen Monaten alles aus dem Gleichgewicht zu bringen. Er dachte an sein modernes Eigenheim, an das Unglück aus der Fremde, an Ganter und an Sturm, diese vollkommene Fehlbesetzung. Dann reifte in ihm langsam der Entschluss seines Lebens. Ohnehin musste er von vorn anfangen. Deshalb würde er auswandern.

Das barg Risiken, aber er würde Manns genug sein, diese Risiken richtig einzuschätzen, denn er war noch jung und die Welt stand ihm offen. Er dachte an seinen Cousin, der bei dem Versuch nach Amerika überzusiedeln, auf dem Transatlantikflug an einem Kabeljaufilet erstickt war. Aber er, Leeringer, würde die Situation meistern und Kretingen und dem Orgau endgültig den Rücken kehren, um sein Leben in neue Bahnen zu lenken. Er spürte die Kraft alles hinter sich zu lassen, seine Familie zu nehmen und die spärlichen Reste seines Hausstandes, und in eine Stadt zu gehen, die er schon immer gemocht hatte, die ihn magisch anzog und in der er jedes Mal, wenn es ihn in der Vergangenheit einmal dorthin verschlagen hatte, das Glücksgefühl hatte erleben dürfen, freier atmen zu können. Er würde in Augsburg ein neues Leben beginnen. Ein Büro eröffnen, und irgendwann könnte dort vielleicht sogar sein Traum wahr werden, und er würde zum Professor für Architektur berufen.

Leeringer hatte in den letzten Monaten neue Erfahrungen gemacht, durfte Ganter, Rinz - Friede seiner Asche - und sogar Blader mit neuen Augen sehen, hatte sich das

erste Mal mit Kunst befasst, seinen ersten Schwulen kennengelernt und sein erstes Museum gebaut, und alles war gründlich daneben gegangen. Er fühlte sich miserabel, und schuld am grenzenlosen Elend war, betrachtete man sich die Sache genauer, nur dieser Sturm. Selbst den Brand seines Hauses hätte Leeringer verhindern können, wäre er nicht wieder wegen Sturmproblemen im *Hirschen* gewesen.
Manchmal, dachte Leeringer und tastete nach der Thermoskanne Tee neben seinem Lager, hatte auch er die starren Traditionen belächelt, aber jetzt zeigte sich wieder, dass Misstrauen gegenüber allem Neuen durchaus seinen Sinn hatte. Sturm war es gelungen, das Verhältnis zwischen ihm und Joseph Blader zu erschüttern, den Traum des Alten zu zerstören und einen Haufen Trümmer zu hinterlassen.
Jede Bewegung schmerzte Leeringer, und nur mühevoll rollte er sich an den Rand der schmalen Bettstatt. Langsam wählte er die Nummer des Lokalredakteurs, dem es gelungen war, bereits in der heutigen Ausgabe zwei Fotos von Bauwerken der Stadt auf der gleichen Seite zu bringen: Sein brennendes Haus und das verpackte Museum, als bestünde zwischen beiden eine verborgene Beziehung. Die Flammen seines Hauses hatte jeder sehen können und das Museum war wohl ebenfalls den wenigsten entgangen, aber Leeringer hielt es für seine Pflicht, auch von der dritten Katastrophe des vergangenen Abends zu berichten, die sich hinter verschlossenen Türen abgespielt hatte.
-“Glauben Sie an die Kraft negativer Gedanken?“, fragte Leeringer, als er dem Redakteur von der Herzattacke des Alten berichtete.
-“Sie meinen Voodoo?“, kam es durch die Leitung zurück.
Warum nur, dachte Leeringer, hatte er ständig das Gefühl

mangelnden Respekts gegenüber seiner Person. Warum nur kam es ihm so vor, als ob Hohn aus den Worten des Redakteurs zu ihm herüberklang.

Der weiße Raum brannte sich in seinen Kopf, seine Augen begannen zu tränen und das schlaffe Fleisch seines Gesichts färbte sich mausgrau. Mit einem Goldbarren hatte Blader gleich am ersten Tag versucht, die Krankenschwester zu bestechen, um sie ganz und ausschließlich zu seiner Verfügung zu haben, aber die junge Frau hatte höflich abgelehnt. Statt dessen trat Leeringer zu einem Krankenbesuch an.
-"Alt sehen Sie aus", knurrte Blader. Geprügelt und ergraut, dachte er ohne es zu sagen.
-"Ich weiß, warum Sie gekommen sind."
Der Architekt zog sich einen Stuhl heran, glitt auf das Polster und schlug die Beine übereinander.
-"Wie geht es Ihnen?"
-"Es war Gift, bei unserem Herrn Oberbürgermeister, nicht? Sie wissen doch, dass es Gift war."
Wie boshaft Blader sein konnte. Zu einer Lagebesprechung war Leeringer gekommen, zu einem Geschäft. Er wollte sich verabschieden, im Guten seiner Wege ziehen, wollte sich freikaufen. Aber nun wurde ihm schlagartig klar, dass er nichts anzubieten hatte. Blader und er hatten über Jahre gut zusammengearbeitet. Er hatte in einer Zeit, als Großraumbüros aus der Mode kamen, den Rathausneubau mit Großraumbüros ausgestattet, um gleich einen Nachfolgeauftrag für die Firma, einen Umbau in Arbeitsparzellen, planen zu können. Das waren so die Spielchen gewesen, die Geld brachten. Das hatte er für Blader getan. Er hatte die internen Zahlungen überbracht, als es darum ging, die Erneuerung der Kanalisation für die Firma zu sichern. Auch das tat er für

Blader. Nun aber war Leeringer Trabant einer sterbenden Fraktion. Selbst Rinz hatte in den letzten Monaten den Respekt vor ihm verloren. Er hatte unverhohlen zu erkennen gegeben, dass er nicht zögern würde, den Schmiergeldüberbringer, sollte es ihm Vorteile bringen, ans Messer zu liefern.
Natürlich wäre das ein Motiv für einen Mord gewesen, allerdings eins, von dem nur wenige wussten. Aber sogar der Alte hätte erkennen müssen, dass sich Leeringer zu einer solchen Gräueltat außer Stande sah.
Blader fuhr sich über die Augen und streckte dann Leeringer, der nicht wusste, ob er sie ergreifen sollte, die Hand entgegen. Das müde Fleisch hing für einen Moment in der Luft zwischen ihnen, bevor es auf die Bettdecke sank.
Schwächling, dachte Blader.
-"Sie waren in der Klemme, Sie hatten keine andere Wahl," stieß der Alte seine Absolution für eine Tat hervor, die nicht geschehen war. Dem war nichts hinzuzufügen und Leeringer verzichtete auf den Versuch, seine Unschuld zu beteuern.
Als er Blader so vor sich liegen sah, begriff er, dass er den Absprung verschlafen hatte. Von dieser grauen Masse war nichts mehr zu erwarten. Und auch Davos, so schien es Leeringer, konnte hier keine Wunder mehr wirken.

Die völlige Stille eines Sonntagmorgens wurde nur durch das Cretinaläuten gestört und durch das leise Klirren leerer Flaschen, die in Kisten aus dem Museum getragen wurden. Ein beißender Geruch nach Jauche zog durch die Straßen, denn es sah so aus, als würde es bald regnen, und das war stets das Signal für die Bauern, ihre Äcker zu überdüngen. Eine neue Ausstellung hatte im

Museum eröffnet, und zwei Hilfskräfte, Ganters halbwüchsiger Sohn und dessen Freundin, beseitigten nun die letzten Spuren der Vernissage. Ramses hatte in Kretingen Einzug gehalten.
Auf Pressspankisten reihten sich vor dem Haus Sphingen aus Gips zu einer kleinen Allee. Frau Ganter, die in Stellvertretung ihres Mannes dankenswerterweise die Geschäftsführung des Hauses übernommen hatte, war damit beschäftigt, den schmutzigen roten Teppich einzurollen, der vor dem Eingang im Schlamm versank, als die ersten Besucher herantrabten. Die Schätze der Ägypter hatten viertausend Jahre gebraucht, um ins Orgau zu kommen, aber nun waren sie da. Ramses, das war ein Name wie Napoleon, Krupp oder Picasso. Schon die zwei Silben ließen die Vorstandsherzen höher schlagen.
Alles hatte man auf eine Karte gesetzt, und nun musste man nur noch gewinnen. Die gewaltigen Kosten der Ausstellung verlangten zwar dreißigtausend zahlende Besucher, aber Ramses würde sie bringen, darüber war sich der Vorstand einig. Ramses war die Medizin für ein abgewirtschaftetes Museum. Die Straßenlaternen auf der nahen Verkehrskreuzung waren mit Sperrholz zu Obelisken verkleidet, und im Innern des Hauses offenbarte sich in einem schummrigen Labyrinth das Gold der Pharaonen. Mehr Glamour konnte man in Kretingen nicht verlangen.

Die Wochen zogen ins Orgauer Land. Bald waren alle Schulklassen der Gemeinde durch das Museum geschleust, und während die Kleinen zwischen den Vitrinen umhertobten und vergeblich nach Mumien suchten, rückte schon die erste Kompanie des nahen Bundeswehrstandortes an, die man zur Kultur zwangsverpflichtet hatte. Seniorenfahrten, Pharaonenbuffets und Niltombolas waren organisiert, und auch sonst lief alles nach Plan, denn man lockte mit Rabatten und Freikarten, mit Shuttleservice und Familienevents. Ein Ziel, das der Vorstand angepeilt hatte, war nach vier Monaten Ramses tatsächlich greifbar nah: die Besucherzahlen überzeugten auch die schärfsten Kritiker. Es kam in Kretingen nicht oft vor, dass etwas, das man sich vorgenommen hatte, auch erreicht wurde, und daher feierte man ausgelassen diesen Triumph.

-“Na, es läuft doch“, strahlte Leeringer, der als neuer Ehrenvorsitzender eigens aus Augsburg angereist war, und hob sein Weinglas, um den engagierten Mitarbeitern zuzuprosten. Das Foyer des Museums war für eine kleine Weihnachtsfeier dekoriert und man stieß gutgelaunt mit den Resten des Chianti an, den Sturm hinterlassen hatte. Nur Roland Ganter schwieg. Es saß eingeklemmt zwischen Dr. Mayr und Inge Leeringer, nippte an seinem Wein und lächelte müde. Seine Tage waren lang, und nachts saß er zu oft über den Akten, den Zahlen und Posten des Museums. Nun schweifte sein Blick hinaus auf den Museumshof, wo die Reste einer Verbundstein-pyramide standen, die der örtliche Baumarkt zum letzten Nofretätära-Kinderfest gespendet hatte.

-“Es ist ein Triumph über die Kritiker des Museums und ein Triumph über Herrn von Sturm, wenn ich das mal so sagen darf“, begann Leeringer seine Tischrede, zu der er sich als Ehrenvorsitzender genötigt sah. “Wir haben bewiesen, wie es geht. Wir brauchen mangelnde Besucherzahlen nicht damit zu rechtfertigen, das die Qualität der Ausstellung zu hoch wäre. Denn es ist keine Qualität, keine Besucher zu haben.“

-“Zum Wohle“, unterbrach ihn Ganter und ergriff sein Glas. Leeringer blieb noch einen Moment stehen, unentschlossen, ob er wegen des Zwischenrufs beleidigt oder dankbar sein sollte, dann hob auch er sein Glas und

blickte in die Runde.
Nur Ganter kannte die tatsächliche Höhe der Einnahmen, aber er liebte den diskreten Weg. Überbringer schlechter Nachrichten, das hatte er gelernt, waren selten beliebt, und so würde sich auch diesmal ein Weg finden, der Wahrheit nicht direkt ins Gesicht sehen zu müssen. Ausstellungen waren teuer, das hatte er feststellen müssen, und Besucher waren nicht um jeden Preis zahlende Besucher. Gratisechnatonpuzzles, subventionierte Pyramidenspiele und Bauchtanzdinners lockten das Volk und leerten zugleich die Kassen.
Ganter war nicht glücklich, denn jetzt fehlte ein Sturm, den man für die finanziellen Fehlleistungen verantwortlich machen könnte. Sicher wäre Ganters betrübte Miene aufgefallen, hätten nicht die Poulardenbrüstchen auf Safranreis, die gerade aus dem Café herübergetragen wurden und allgemeine Ausrufe des Entzückens verursachten, die volle Aufmerksamkeit der Anwesenden auf sich gezogen.
Für einen Abend wollte Ganter das Debakel vergessen, auch wenn die Zeichen des Niedergangs nicht nur in Form des einlagigen Klopapiers sichtbar wurden. Er goss sich noch einen Chianti ein und beschloss, die nächste Krisensitzung für die folgende Woche vorzusehen. Als er die Flasche geleert hatte, klang nur noch von weitem das Gelächter der ausgelassenen Gesellschaft zu ihm. Er schloss die Augen und im Dunkeln verschwammen die Zahlenkolonnen seiner Buchführung zu wimmelnden Insekten, die in alle Richtungen auseinanderstoben.

Bald standen erste Immobilien aus dem Besitz der Stiftung zum Kauf in den Kleinanzeigen des *Volksfreunds*, und nach und nach wurde es still um das Museum. Ramses hatte das Orgau verlassen und es gab keine Mittel mehr, um mit den *Juwelen der Queen* oder

dem *Schatz der Azteken* an den großen Besuchererfolg anzuknüpfen. Aber irgendetwas musste doch mit dem Museumsbau geschehen. Ein Neubau in bester Lage.
Simon von Sturm hatte die Wochen genutzt, um sein Mobiliar flüssig zu machen, um sich von allem zu befreien, und nun lag er in der Eisenbahn. Seine Gedanken kreisten. Leider war Kretingen nicht groß genug, um ein eigenes Bordell eröffnen zu dürfen. Viel fehlte nicht an den notwendigen fünfzigtausend Einwohnern, die das Gesetz für einen Puff verlangte, und hätte man noch sechstausend Russlanddeutsche aufgenommen, dann hätte es auch zu einem Puff gereicht, dachte Sturm. Aber die Fraktion der Sudetendeutschen wusste jeden neuen Zuzug zu verhindern, sie hatte bislang alles, was nach ihnen in Kretingen seßhaft werden wollte, tapfer abgewehrt.
Dabei hätten sich die Kojen des Museums leicht in Separées umwandeln lassen, eine Bar war schon vorhanden, Fußbodenheizung und variable Beleuchtung. Das Gemäuer schrie nach einem Bordell. Aber die Pläne Sturms für eine Übernahme und Umnutzung des Hauses blieben utopisch, und seine Rachegelüste, das gestand er sich ein, beruhten auf einer empfindlich verletzten Eitelkeit.
Der Zug, der durch die satten grünen Hügel des Orgaus rauschte, brachte Simon zum Flughafen. Mit jedem Kilometer, den er sich von Kretingen entfernte, ließen seine Magenschmerzen nach. Er sah auf die Weiden und Wälder, die vorbeihuschten und lächelte über die Naivität, mit der er Kretingen betreten hatte. Sie war noch atemberaubender gewesen als die Unbekümmertheit, die Max an den Tag legte, und über die er sich immer wieder lustig gemacht hatte. Die Strafe für diese Naivität war hart und gerecht, das musste er zugeben. Aber, fragte er sich und schob die Füße auf den Sitz gegenüber,

wie hatte seine Menschenkenntnis so völlig versagen können? Auf diese Menschenkenntnis hatte er sich einiges eingebildet.
Das Rattern des Zuges schläferte ein, aus dem Nachbarabteil drang gedämpftes Kinderweinen und Simon träumte von der Eröffnung seines Kretinger Puffs. Vollbusige Blondinen entkorkten hinter der Bar Champagner und Max spähte durch den Spion auf Ganter, der draußen im Schnee stand und Sturm läutete. Es war warm vor dem offenen Kamin, Simon ließ sich auf dem Bärenfell nieder und goss sich schweren Rotwein in ein hohes Glas, als eine durchdringende Stimme zu ihm drang und eine Hand ihn an der Schulter packte.
Er sah auf, und eine seiner vollbusigen Blondinen beugte sich über ihn. Sie blickte fordernd, während ihre stramme blaue Uniform damit beschäftigt war, ihre Rundungen zu betonen. Sturm musste lächeln.
-"Personalwechsel. - Personalwechsel, die Fahrscheine bitte..."
-"Wo sind wir?" fragte er und griff nach seiner Jacke.
-"Wo wollen Sie denn hin?", kam als Antwort aus dem Mund der Blondine, die nun mit ihrer silbernen Zange das Ticket stempelte.
-"Nach Famara, wohin sonst?"
Er war aufgebrochen, heute? Oder vielleicht vor Wochen? Morgen würde er in einer anderen Welt aufwachen. Gestern noch gepackt und Kretingen in der Frühe besenrein verlassen, die Tür verriegelt? Simon streckte sich wieder aus, er räkelte sich in einem dahinratternden Eisenbahnabteil, in einem Loch zwischen den Zeiten.

Unauffällig strich der Kretinger Stadtrat die Zuschüsse für das Museum. Geld war überall knapp. In Kretingen war es knapper. Gern hätte man dem Andenken Bladers und seinem Museumstraum eine pietätvolle Schonfrist gegönnt, aber die laufenden Kosten, die waren nicht mehr zu verantworten. Dringend brauchte der Stadtrat diese Summen für Soziales, für Verkehrsplanung, für Lebensqualität.

-"Bedenken Sie, verehrte Kollegen," kam es aus den Reihen der Opposition, "dass Sie für das gleiche Geld zwölf Verkehrsberuhigungspflanzkübel bekommen, um nur ein Beispiel zu nennen."

So hatte das noch keiner betrachtet, und es herrschte betretenes Schweigen, bevor sich der Stadtrat ohne Gegenstimme bei drei Enthaltungen für eine kostenneutrale Kulturlösung aussprach.

Also saß man einmal mehr in den düster getäfelten Sälen des Rathauses zusammen und erörterte Kultur, genauer: man debattierte acht Formfehler in der Stiftungssatzung des Museums, die Anlass genug waren, sie für ungültig erklären zu lassen. Nun zahlte es sich doch noch aus, dass der inzwischen suspendierte Stadtkämmerer seinerzeit die Satzung formuliert hatte. Es hatte lange gedauert, bis man erkannte, dass für den Posten Fähigkeiten gefragt waren, die über die Kenntnis von zwei der vier Grundrechenarten hinausgingen.

Ein Jurist war schnell gefunden, der bereit war, gegen ordentliche Bezahlung einen scharfen Blick auf das Dokument zu werfen. Juristen und Reisebüros gab es in Kretingen mehr als irgendwo sonst, sie machten die besten Geschäfte, denn die Einwohner, die nicht regelmäßig in fremde Länder flüchten konnten, verbrachten ihre Zeit daheim mit Prozessieren.

Bedauern lag in den Worten, mit denen der Stadtrat die Situation zu Protokoll nahm.

Joseph Blader lebte. Glasig fiel sein Blick ins Moosgrün

des Gartens. Und als seine geliebte Frau den Raum betrat, bäumte er sich noch einmal auf, eine letzte Eruption vor dem Erlöschen. Sein Brüllen drang hinaus über die Grenzen des weiten Grundstücks, sein Vorwurf galt seiner Mutter und Ganghofer, die ihn schon in der Kindheit vergiftet hatten, er richtete sich an die Lokalpolitik, die er ein Leben lang hatte bestechen müssen, um sie für sich günstig zu stimmen.
-“Schutzgelderpressung,“ brüllte er. “Das war es. Schutzgelderpressung.“ Die Lokalpolitik hatte ihn geknechtet, ein Leben lang nur gefordert, gefordert, gefordert, seine Familie hatte ihn um das private Glück betrogen, das ihm zugestanden hätte, und das Alpenpils hatte ihn betäubt.
-“Vergiftet, betrogen, betäubt!“, brüllte er und Alwine schloss leise die Kippfenster. Sie rückte den umgetopften Weihnachtsstern auf der Fensterbank beiseite, strich ihr Kostüm glatt und nahm zwischen Drachenbaum und Keulenlinie Platz.
-“Es ist besser, Du mäßigst Dich. Es ist nun wirklich zu spät für diesen Mist. Wir wollen doch nicht, dass Du mit den Drogenabhängigen im Krankenhaus Blumenampeln knüpfen musst,“ sagte sie sanft und besorgt.
Und Blader tauchte ab in undurchdringliche Regionen. Sie schob seinen Rollstuhl, und mit seinem Rollstuhl schob sie ihn in eine Zimmerecke.
-“Da hockt ihr dann im Halbkreis und studiert zu Weihnachten alle zusammen O Tannenbaum ein.“ O Tannenbaum.
Der Alte saß zwischen zwei Rädern und von Tag zu Tag verstand man ihn weniger. Die Laute drangen aus seinem Mund, und er erwartete eine Antwort, die ihn zufriedenstellen konnte. In Erstaunen geweitet, blickten die wässrigen Augen auf ein Gegenüber, das nicht in der Lage war, eine vernünftige Antwort zu geben. Wie konnte

das sein?, dachte Joseph Blader. Hatte er sich so unklar ausgedrückt? Warum konnte ihn plötzlich niemand mehr begreifen? War die ganze Welt verrückt geworden?
Unwillig wandte er den Kopf ab, und in diesem Kopfabwenden war er noch ganz der Alte. Bis zuletzt würde er die Entscheidungen treffen, die sein Leben bestimmten, das hatte er sich vorgenommen, und sein Wille war ihm heilig. Auch wenn es ihm nicht leicht fiel, beschloss er, die Verbindung mit den anderen da draußen einfach zu beenden und die Öffentlichkeit in seinem Bewusstsein auszulöschen. Sie sollten ihn in Ruhe lassen. Seinen Frieden wollte er finden, Frieden und Ruhe sollten nun einkehren. Dazu war es unumgänglich, jeden Kontakt mit den geist- und ehrgeizlosen Versagern, die ihn umgaben, die er auch noch gefördert hatte und die er nun zutiefst verachtete, die er immer schon verachtet hatte, abzubrechen. Blader verstummte für immer.

Es war ein frostiger Aprilmorgen, als das Museumsgebäude erneut seine Pforten öffnete. Der Andrang war größer als je zuvor und zweifellos wäre die Empörung ebenfalls größer gewesen, hätte Simon von Sturm das ausgestellt, was jetzt in den Räumen zu sehen war.
Mit der Morgendämmerung löste sich langsam der Nebel auf, der bis in die Gassen gezogen war, und die Passanten trauten sich zögernd, ihre Mäntel mit den hochgeschlagenen Kragen aufzuknöpfen. Der Winter schien endlich zu Ende zu gehen, der erste Eissalon hatte schon wieder geöffnet und die Stadtgärtner bepflanzten die Rabatten mit Osterglocken.
Auch vor dem Museum begann das Leben. Erste große Tische wurden vor dem Portal aufgebaut und Unruhe erfasste das Personal. Aber alles war anders als gewohnt, und das lag nicht nur an den wenigen

Sonnenstrahlen, die sich durch die Winkel der Altstadt schoben und Hoffnung spendeten. Alles war anders, denn das wirkliche Leben hatte vom Tempel der Künste Besitz ergriffen. Das Orgau besaß ab sofort seinen größten Schlecker-Markt, einen Drogeriemarkt der Extraklasse. In der Ausstellungshalle herrschte zwischen den Regalen, die mit Schuhcremes, Waschmitteln und Hundefutter angefüllt waren, jener Betrieb, den der Alte stets für sein Museum gefordert hatte. Und auf der Galerie verbreitete die Kosmetikabteilung jenen Glanz, den Alwine sich erträumte. Bei allem Respekt; die Sehnsucht ihres Gatten nach Kunst war ihr immer schon ein wenig sonderbar erschienen. Nun schob sie seinen Rollstuhl vor das Portal und führte seine Hand mit der Schere, die das rote Band durchtrennte. Die Blitzlichter der Kameras erschreckten den Alten, aber er hatte seine Sache sonst sehr gut gemacht. Vielleicht ein Lächeln, das hätte man sich noch gewünscht, aber wer wollte zu viel verlangen von dieser elegant herausgeputzten, versteinerten Gestalt auf Rädern.
Der neue Filialleiter kam Alwines Vorstellung vom liebenswerten und charmanten Nachwuchswunder recht nahe. Ihr Blick fiel auf seine stattliche Erscheinung, seinen gepflegten Kurzhaarschnitt, seinen dunklen Anzug mit der breiten burgunderroten Seidenkrawatte, aber, das musste man am Ende doch einräumen, er war nicht ganz standesgemäß. Und jetzt, wo Joseph Blader vor seiner Abberufung stand, war es ohnehin zu spät für einen Sohn.
Blader und Rinz waren Geschichte, von ihnen blieben Akten fürs Archiv. Dr. Mayr würde sich darum kümmern. Sturm und das Museum blieben Episode, über sie konnte man nur den Kopf schütteln. Aber jetzt war der Spuk vorbei.
Die kalte Alpenluft erwärmte sich allmählich zwischen

den Fassaden der König-Ludwig-Straße, die Cretinaglocke läutete und man forschte weiter nach Wundern, um doch noch die Heiligsprechung der Seligen zu erkämpfen. Vielleicht hatte sie ja die Gebete der Nonnen erhört und unter Einsatz ihrer göttlichen Kraft den verkommenen Museumsdirektor vertrieben.
Die ersten Bauarbeiter warfen in der Fußgängerzone ihre Presslufthämmer an. Kretingen hatte seinen Frieden wieder.

Der warme Wind, der den Vorhang bläht, weckt Simon. Er riecht den Kaffee, der nebenan in der Maschine warmsteht und reibt sich die Augen.
Im breiten Bett, das den größten Teil des engen Zimmers ausfüllt, befinden sich nur noch sein nackter Körper und ein Laken, das seine Füße bedeckt. Max ist schon hinunter in die Bar, in der er die Frühschicht übernommen hat. Durch die Balkontür fällt die Sonne herein und Simon erhebt sich langsam, tritt hinaus und sieht lange auf den dunklen Sand und das lärmende Meer, bis alles in flirrendem Licht vor seinen Augen verschwimmt.
Er zieht seine Sonnenbrille aus der Jacke, die er am Abend zuvor über einen einsamen klapprigen Stuhl geworfen hat, und lässt seinen Blick auf die Terrasse des Cafés hinüber schweifen.
Südliches Treiben, Halbschatten unter den Markisen, aus dem sich allmählich die Konturen einiger Gestalten herausschälen. Eine Handvoll unter den vielen Touristen, Fremde wie er selbst. Aber die, die dort sitzen und bereits das erste Bier des Tages kippen, kommen ihm verdammt bekannt vor.
Ein Platz am Tisch ist noch frei und jetzt kommt jemand mit einer Zeitung aus der Bar. Er wirft sie auf den Tisch, es ist eine deutsche und die Worte sind so groß gedruckt,

dass Simon sie vom Balkon aus lesen kann:
ORGAU KLINISCH TOT; VÖLLIG GESUND! PAPST: WUNDER!
Einen Moment ist Schweigen, dann krachen die Biersiedel gegeneinander und ein kehliges Lachen klingt herüber.

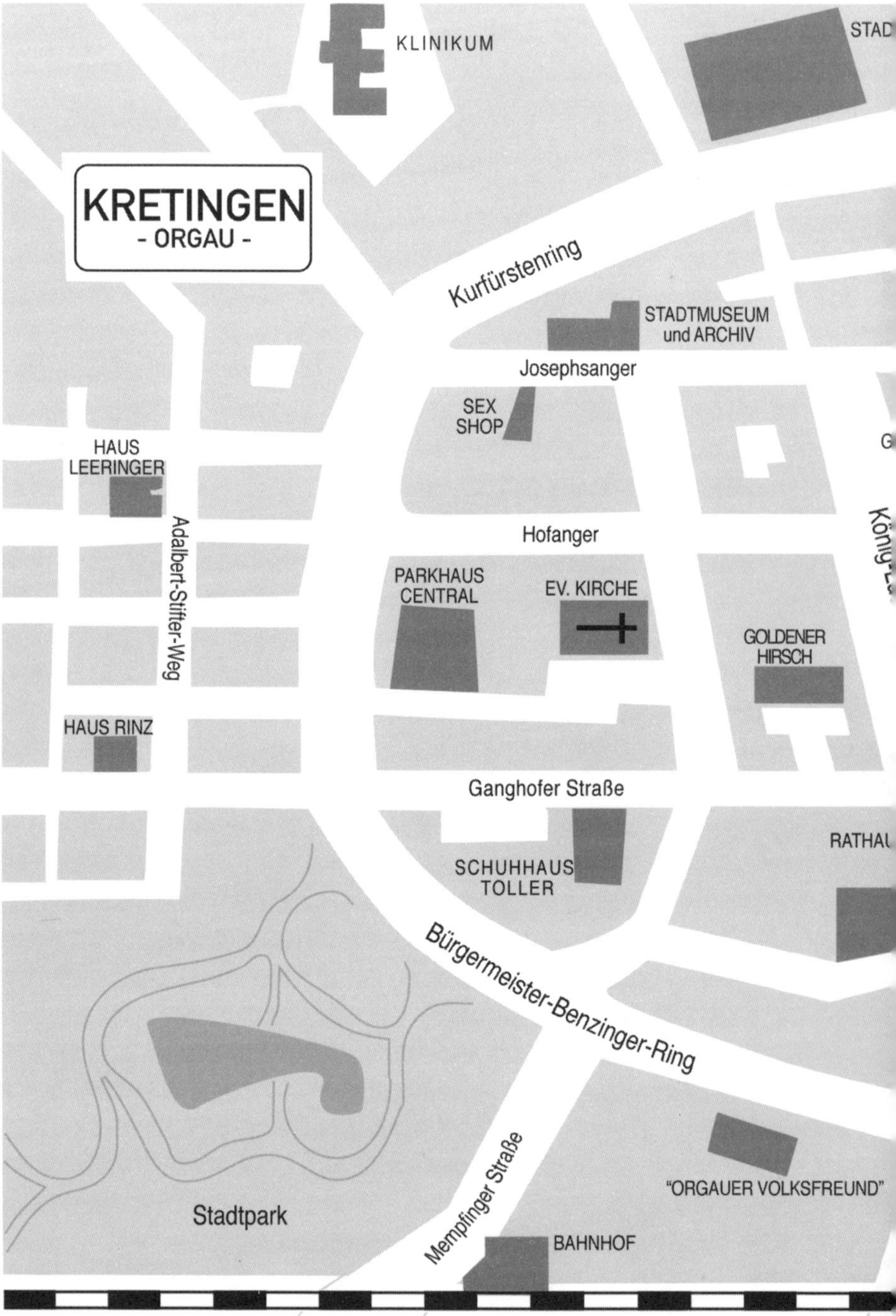
KLINIKUM
STAD
KRETINGEN
- ORGAU -
Kurfürstenring
STADTMUSEUM
und ARCHIV
Josephsanger
SEX
SHOP
HAUS
LEERINGER
Adalbert-Stifter-Weg
Hofanger
PARKHAUS
CENTRAL
EV. KIRCHE
GOLDENER
HIRSCH
HAUS RINZ
Ganghofer Straße
SCHUHHAUS
TOLLER
RATHAU
Bürgermeister-Benzinger-Ring
Memfinger Straße
"ORGAUER VOLKSFREUND"
Stadtpark
BAHNHOF

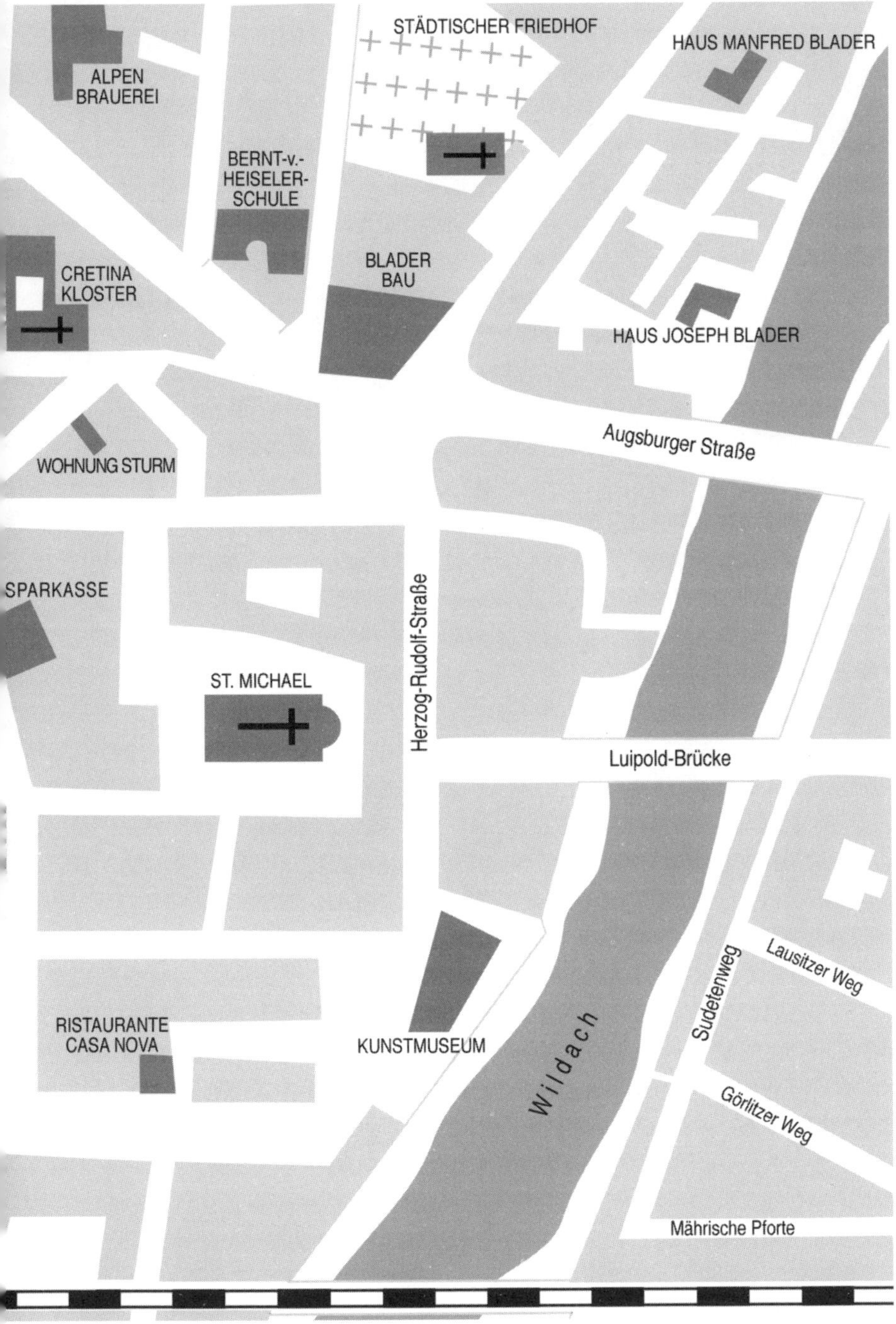
STÄDTISCHER FRIEDHOF
HAUS MANFRED BLADER
ALPEN BRAUEREI
BERNT-v.-HEISELER-SCHULE
CRETINA KLOSTER
BLADER BAU
HAUS JOSEPH BLADER
WOHNUNG STURM
Augsburger Straße
SPARKASSE
Herzog-Rudolf-Straße
ST. MICHAEL
Luipold-Brücke
Lausitzer Weg
Sudetenweg
RISTAURANTE CASA NOVA
KUNSTMUSEUM
Wildach
Görlitzer Weg
Mährische Pforte

Arne Pahlke Sonne, Blut und Sterne
Roman

Das Schicksal führt Julian, einen coolen Ecstasydealer, und dessen Geliebte, eine heroinabhängige Straßenhure, und Timo, einen totgeweihten Stricher, sowie einen bestialischen Serienkiller auf abenteuerliche Weise zusammen. Die verzweifelte Verfolgungsjagd ist gleichsam eine Reise in die eigene, düstere, von ihnen sorgsam verdrängte Vergangenheit.

ISBN 3-934825-04-4 256 Seiten, DIN A5, gebunden, DM 29,80

Arne Pahlke Die rosarote Schattenwelt

Bedarfst Du einer Anleitung zum Schwulsein? Bist Du aufgeklärt über Sex im Stadtpark oder auf dem Bahnhofsklo? Wie wäre es mit einem Streifzug durch die Sexkinos oder einem lustigen Kurztrip nach Tuntenhausen?

Tauche hinein in ein Buch voll außergewöhnlicher Geschichten, von komisch bis tragisch, von schockierend bis schelmisch. Das Buch zeigt ein Kaleidoskop eines neuen schwulen Lebensgefühls.

ISBN 3-9806249-1-9 176 Seiten, DIN A5, brosch., DM 23,80

Arne Pahlke Cafe Moral

Mirko, ein erfolgloser Schriftsteller und selbsternannterMenschenfeind sitzt angetrunken im Café Moral, einem antiquierten Literaturcafé, in dem nur in Reimform kommuniziert werden darf. Beharrlich hadert er mit der von ihm verhassten Gesellschaft – vor allem aber mit seinem besten Freund Alexander. Diesen nämlich hält er auf Grund eines kleinen Vergehens für verlogen und unmoralisch. Aus einer einfache Wette entwickelt sich rasch eine Zerreißprobe – und dies nicht nur für ihre Freundschaft.

ISBN 3-9806249-5-1 144 Seiten, DIN A5, brosch., DM 24,80

Johannes Popp Die Babel Intrige

Ausweglos – so scheint die Situation für die in einem Fersehturmrestaurant eingeschlossenen Gäste. Gescheiterte Liebe, Liebe zu einem Callboy, Sehnsüchte, Illusionen und Hoffnungen werden lebendig. Bald entführt der Autor seine Leser vom Fernsehturm in die graue Vorzeit des Turmbaus zu Babel. Dort werden wir Zeuge einer großen Liebe zwischen dem Architekt des Turms und einen Knaben.

ISBN 3-934825-03-6 240 Seiten, DIN A5, gebunden, DM 29,80

citizen_b Mein Name ist Faust

Der diabolische Jack bietet dem schwulen Faust den Deal seines Lebens an: Jugend! Abenteuer! Luxus! Sex! Schon stürzt Faust von einer haarsträubenden Situation in die nächste:Menschenfresser, Geister und Dämonen kreuzen seinen Weg. Dann verliebt sich Faust auch noch in den blutjungen Leon!

Eine turbulente Story voll Liebe, Romantik, Freundschaft, Verrat, brennender Leidenschaft und bizarrer Begierden!

ISBN 3-934825-02-8 256 Seiten, DIN A5, brosch., DM 24,80

H.J. Kalck Zur Hölle mit der Hausarbeit

Wäschewaschen als Akt der Buße? Bettenmachen um Geheimnisse zu lüften? Fensterputzen zur Vorbeugung gegen Kopfschmerzen? Staubwischen um des lieben Friedens willen? Aufräumen aus falscher Scham? ... – Fantastische Geschichten von den Ursprüngen unserer Hausarbeit zu nichts anderem erzählt als zu unserem puren Vergnügen.

ISBN 3-934825-01-X 128 Seiten, DINA5, gebunden, Schutzumschlag, DM 29,80

Joe Luga So bin ich

Joe Luga,1920 in Hamburg geboren, aufgewachsen in Berlin zwischen den beiden Weltkriegen.

So bin ich erzählt acht Jahrzehnte sehr private Lebensgeschichte in Deutschland, von Begegnungen auf und hinter der Bühne, vom Gefängnisaufenthalt, vom Kampf um seine Kabarett-Bars in Mannheim und Berlin, von großen und kleinen Menschen und von seinem kompromißlosen Bekenntnis zur eigenen, offen gelebten Homosexualität.

ISBN 3-934825-00-1 272 Seiten, DIN A5 brosch., über 40 Abbildungen, DM 29,80

Markus Westberg GAYLEX

Das große informative und unterhaltsame Nachschlagewerk über den schwulen Mann mit über 1500 Stichwörtern!

DAS STANDARDWERK !

ISBN 3-9806249-3-5 352 Seiten
DIN A5, brosch., DM 34,80